前世で家族に恵まれなかった俺、今世では優しい家族に囲まれる

俺だけが使える氷魔法で異世界無双

著 おとら

CONTENTS

エリゼ
アレスの溺愛要員その⑤。
アレスの家に仕えるメイド。
シグルド
アレスの溺愛要員その④。
アレスより七つ上の兄。
ヒルダ
アレスの溺愛要員その③。
アレスより八つ上の姉。
アレス
本作の主人公。両親、姉兄、メイドから
溺愛されまくっている。じつは、この世界
では誰も使えない氷魔法を扱える。

登場人物紹介
characters
シエラ
アレスの溺愛要員その②。
アレスの母親。
グレイ
アレスの溺愛要員その①。
アレスの父親。
アイラ
とある商人の娘。アレスに
とって初めての友達。

第1章

異世界転生

episode 1

0　プロローグ

はぁ……疲れた。

毎日同じことの繰り返し。

会社に出勤して、朝から晩まで働いて、満員電車に揺られ……気がつけば三十を超えた。

不景気で給料は安いし、上は詰まってて昇進はできないし。

そもそも、孤児《こじ》で中卒だから、どうしたって上がれない。

「はぁ……俺が普通の家に生まれてたら……今頃は、どうしてたんだろうか？」

母親がいて、父親がいて、兄弟がいて……そんな普通の家に。

お金はもちろん必要だけど、お金持ちでなくてもいい。

今の世の中では、そうした家庭も当たり前とは言えないが、いわゆる、普通の家に生まれたかった。

俺の唯一の楽しみと言えば、さっき買った帰りのコンビニスイーツくらいだ。

「ほんとは美味《おい》しいケーキ屋とか行きたいなぁ……あとは美味《うま》いもの……高級ステーキとか食べてみたい」

安月給の俺には、どちらも遠い夢である。

そもそも、休日は死んだように眠るので時間もない。

というか、おっさんが一人でスイーツとか……精神的に無理だよっ！


その後、気力を振り絞ってなんとかアパートに帰宅する。

「ただいま……相変わらず虚《むな》しい」

もちろん、奥さんや彼女もいないので返事が返ってくることなどない。

無論、自分で温かい家庭を作りたいとも思っていた。しかし、親の愛情を知らない俺なんかが、結婚して家庭を築けるかわからなかった。あと、築くにしても、ある程度稼《かせ》げるようになってからって……。

そもそも、相手いないけど。

「……自分で言ってて虚しくなってきた……あっ──」

意識が朦朧《もうろう》としてくる。


──次の瞬間、俺の意識は途切《とぎ》れた。

1　愛されっ末《すえ》っ子《こ》に転生

……ん？　ここは？

そういや、さっき玄関で倒れ込むように寝てしまったっけ？

そして……何かがおかしいことに気がつく。身体《からだ》が動かないし、目も見えないし、耳もほとんど聞こえない。

「奥様、まずはミルクです」

「ええ、わかってるわ」

すると俺は、身体が浮いたような感覚になる。

ミルク？　どういうことだ？　見えないからわからん。

すると、何かが身体の中に入ってくる。

なんだ!?　この美味いのは!?

そして、気がつくと意識を失っていた。


その後、意識を取り戻し……少しだけ見えてきた。

金髪で、大柄《おおがら》の男性。

灰色の髪で、容姿の整った美女。

そして、俺を抱いてる銀髪の美女。

「んぎゃ……」

みんなでかくない？

俺が抱《いだ》いた第一印象はそれだった。


再び気を失っては起きるというの繰り返し、わかったことは……。

結論から言うと、俺は一度死んで、今は赤ん坊になってるらしい。

あの時倒れ……そのまま死んだのかもしれない。

なぜそうわかったかというと、俺は話せないし動けないし、乳母《うば》らしき若い女性の母乳を飲まされるし……赤ん坊ということは確定だろう。

ちなみに、おっぱいを吸うことに関しては、無の感情である。

考えだしたら、羞恥心《しゅうちしん》でどうにかなりそうだから、深くは考えたくない。

だが、生きるためには仕方ない。

何より、美味《おい》しい。

というか、しっかり栄養取らないと……二度も死にたくない。

それにしても、辺りが騒がしい気がする。

そもそも、なぜ言葉が日本語に聞こえる？

どう見ても、外人さんなのだが？

……まあ、考えても仕方ないか。

「お前たち、静かにしないか。まったく、赤ん坊がいるというのに」

「まあまあ、旦那様《だんな》」

旦那様ってことは、そこそこの家ってことか？

「エリゼの言う通りよ、グレイ」

「まあ、それも仕方ないか」

「それより、名前はどうするの？」

「アレスにしようと思うが、いいだろうか？」

「ええ、もちろんよ。それが、あの子の願いだもの」

「では――この子の名前はアレスだっ！」

ふむ……俺の名前はアレスか。

母親がシエラ、父親がグレイ、メイドさんがエリゼか。

「それにしても……この子、全然泣かないわね」

しまった、不審に思われてしまう。

その時、急激な眠気に襲われる。

「んぎゃ……」

「あらあら、おねむかしら？」

次の瞬間、俺の意識は再び暗闇の中へ……。

＊　＊　＊

どうやら、俺が赤ん坊になってから一年が経ったらしい。

といっても、寝て起きてを繰り返しているので、俺自身が把握しているわけではない。

ただ単に、今日が俺の誕生日というだけだ。

しかし寝てばかりの赤ん坊とはいえ、その間にも色々なことがわかった。

俺の家は男爵家ということ、少しだけ領地を持っているということ。そして、生まれてすぐにわかったが、姉と兄がいること。

今日は家族全員で俺の誕生日を祝ってくれた。

「アレス、お誕生日おめでとう！」

「おめでとう、アレス」

「おう、おめでとう」

「あぅ……（ありがとうございます）」

「可愛い、私の弟」

「あぅ……（姉さん、少し痛いです）」

どうやら、ブラコン気質のある姉さんらしい。

名前はヒルダといい、年齢は九歳。容姿は母親に似て美人で、髪の色は父親譲りの金髪の女の子だ。よく、俺の面倒を見てくれる優しい人……たまに愛が重たいけど。

「姉貴、離してやれよ。というか、俺だって抱っこしたいぜ」

「いやよ、邪魔《じゃま》しないで」

「扱いが違いすぎる……」

「アンタは可愛くないし」

「ひどくね？」

「アンタはすでに私より大きいし……それに対してアレスは小さくて可愛い」

「へいへい、悪かったな」

この人が、俺の兄であるシグルド兄さんで、年齢は八歳。この家の長男で、容姿も髪の色も父上そっくりだ。生意気そうでやんちゃな人だけど、よく俺と遊んでくれる気のいい兄さんだ。まあ……たまに色々と無茶するけど。

「こら、ヒルダ。アレスが潰《つぶ》れてしまうわよ？」

「お嬢様、そうですよ」

「むぅ……仕方ない」

「んぎゃ（ほっ、ようやく離してくれたか）」

するとと、今度は母さんに抱かれる。

「アレス、大きくなったわね～」

「シエラ、私にも抱かせろ」

「俺も抱っこしたい！」

「いえいえ、ここは私が」

母上に父上、兄さんとエリゼと……たらい回しされ、もみくちゃにされる。

でも、凄く温かい気持ちになる。

父上に母上、色々と世話してくれるメイドのエリゼ。そして、ヒルダ姉さんとシグルド兄さんがいる。

前の世界とは違うこともあるけど……これが、俺の求めていた家族だ。

そう、明らかに前の世界と違うものがある。

本来なら後回しにしてはいけないような問題があるのだが、家族のことは俺にとっては重要……

えっと、話がずれた。

そう——魔法だ。

この世界には、魔法というものが存在する。

なぜわかるかというと……。

「エリゼ、少し暑いから風をお願いできる？」

「はい、奥様――風よ」

たった今、エリゼの手から風が吹いて、俺にも心地よい風が当たる。

まだまだ俺の行動範囲は狭いし、断言するのは早いかもしれないが……前の世界では魔法など見たことも聞いたこともなかった。

つまり、俺は……おそらく、剣と魔法の異世界に転生したってことだ。

＊＊＊

またあれから、時が過ぎた。

二歳の誕生日を迎え、さらに半年が経った。起きている時間も増え、色々なこともわかってきた。

何より嬉しいのは、少しだけ行動範囲を広げることが可能になったことだ。理由は簡単で、歩くことができるようになったから。

はいはいはだいぶ前からできていたが、危ないからとすぐに戻されてしまう。しかし二歳になったことで、その許可が下りたというわけだ。

「あーい！」

「おい⁉　アレス⁉　待てって！」

とたとたと歩き回る俺を、シグルド兄さんが必死に追いかけてくる。

しかぁし！　そんなことで捕まる俺ではない！

急ブレーキをして反転し、兄さんを翻弄《ほんろう》。ちょこまかと動いて、あちこちの部屋を探検する。

「うんと……ここがキッチンで……」

探検してわかったことは、二階建ての家だということ。

一階には部屋が三部屋がある。玄関を上がると廊下があり、そのすぐ脇にあるのが、広いリビングダイニング。その次に父上の仕事部屋。最後に家族で眠る寝室があり、基本的に俺はそこの揺りかごの中にいる。

廊下も広く、何回か歩いてみたが、結構大きい家って感じだ。

風呂やトイレもあり、割と綺麗《きれい》な感じだし、しかも水洗式トイレだったので、日本人として育った俺としては嬉しい限りだ。

水洗の動力については、少しだけわかっている。

どうやら魔石というものがあり、その中に魔法を込めることができるらしい。水の魔法を込めて、それで押し流すという仕組みだ。

「魔法かぁ……早く使ってみたいなぁ」

ちなみに、赤ん坊からやり直したからか、俺の精神年齢は下がっている。別に子供のふりをしているわけではなく、自然とそうなってる感じだ。

ゆえに、魔法を撃《う》ちたいという欲求が……まあ、言い訳ですね。

異世界転生したからには、魔法を撃ちたいです！

「やっと捕まえたぜ……」

「はえ？　兄さん？」

気がつくと俺は、兄さんに抱き上げられていた。

しまった！　魔法のことを考えすぎた！

「ったく、お前はどうなってんだ。はいはいや言葉も早かったが、こんなに早く歩くようになる二歳児は見たことないぜ」

「んー……そう言われても」

生まれ変わりなので身体の使い方がわかってること。理由は未だにわかってないけど、言語が最初からわかること。多分だが、この二つがその要因なのは間違いない。

「まあ、いいか……さて、部屋に帰るぞ」

「いやですっ！」

「いやですって……」

「魔法が見たいですっ！」

「はぁ……仕方ない。二階に行くとするか。俺が姉貴に怒られるけど」

「兄さん！　好きです！」

「ったく、調子のいい弟だ」

兄さんは俺を抱いたまま、二階へと上がっていった。


二階には小さな部屋が三つあり、姉さんと兄さんの部屋、一つが空き部屋となっている。

兄さんは俺を下に降ろし、部屋の扉をノックする。

「姉貴、入るぜ」

「はい？　断るわ」

「……アレスがいるんだが」

「何やってるのよ、さっさと入りなさい」

「この扱いの違い……」

「兄さん、日頃の行いってやつだね」

「俺が何したっていうんだよ？」

「よく姉さんが取っておいたおやつを食べるからじゃない？」

「……何も否定ができない……というか、なんでお前が知ってるんだよ？」

「えっと……」

しまった、俺が赤ん坊の頃から会話を聞いてたとは言えないし……。

「シグルド？　早くしなさい」

「わかったよ」

兄さんが部屋の扉を開け、二人で中に入る。

そこは、ベッドと机と椅子という、シンプルな部屋だった。

「姉さん、勉強の邪魔してすみません。でも、魔法が見たいです！」

「なるほど……仕方ないわね。ちょうど休憩時間だし、庭に行くわ」

「わぁ……ありがとう！」

「ふふ、可愛い弟の頼みだもの」


三人で、庭に出ると……。

「あら、皆さんお揃いですか」

「そうなんだよ、またアレスのやつが……」

「アレスが魔法を見たいって……いいかしら？」

「ええ、いいですよ。私が見てますので」

エリゼは洗濯物を干しながら、素っ気《そけ》ない返事をする。

エリゼは父上や母上からの信頼は厚い。父上と母上の二人は普段は働いていて、基本的には家にいない。なので、エリゼが俺たちの面倒を見ている。そして、エリゼの許可が下りないと、魔法を使うことはできないのだ。

「エリゼありがとう！」

「いえいえ、アレス様」

なぜか……俺に対する感じだけ、兄さんや姉さんとは違う気がする。別に何が変ってわけじゃないんだけど……うーん、難しい。

「じゃあ、いくわよ……我が手より燃え出《い》ずるは火――ファイア」

「おおっ！」

姉さんの手のひらから火が出て、訓練用の的《まと》に当たる！

「ふぅ……こんなところね」

「姉さん凄いです！　僕も早く魔法を撃ってみたい！」

魔力は誰でも持っているが、魔法を使うには才能が必要で、誰でも使えるわけではない。ちなみに、兄さんと父さんは使うことができない。対して、母さんとエリゼは使える。

「まだアレスには早いわよ。まだ魔法の儀式もしてないし。もう少しだから待ってなさい」

この世界には四つの基本属性魔法がある。火、水、土、風があり、別枠として光と闇がある。

魔法の儀式とは、自分がどの属性か判断される儀式のことだ。三歳になると、その儀式を受ける決まりがある。そして、その儀式で自分の属性がわかると。

……俺も、魔法が使えるといいなぁ。


その後、庭で遊んでいると……。

「あら、みんな揃ってどうしたのかしら？」

「母様！　お帰りなさい！」

「アレス、ただいま」

駆け寄ると、母上が抱き上げてくれる。

俺はその胸に顔を埋《うず》め……幸せを噛みしめる。

……あっ、言っておくけどそういうアレじゃないからね⁉　ただ単に、前世ではこうしてもらったことがないから……物凄く幸せだ。

温かくなるというか、ふわふわするというか……こんな感じなんだなって。

「あらあら……成長は早いけど、まだまだ赤ん坊ね」

「はいっ！」

「ふふ……月日が経つのは早いわね」

「母上？」

時々、母上は遠くを見るような仕草《しぐさ》をする。

しかし、その理由はわからない……まあ、いいか。

日が暮れてきたので家に入る。

「むにゃ……」

赤ん坊の俺は、おねむの状態になる。

「皆様、あとは私にお任せを」

「エリゼ、お願いね。私はご飯の用意をするから」

「じゃあ、私は勉強に戻るわ」

ヒルダ姉さんは、皇都《こうと》にある難しい学校に入るために一生懸命勉強している。そこで領地経営を学んだり、魔法の鍛錬《たんれん》を積んだりしてから、また領地に帰ってくるらしい。

「姉さん、ありがとう！」

「平気よ、私も楽しかったから」

「おい？　俺にはないのか？」

「兄さんもありがとう！」

「へいへい」

シグルド兄さんは、ずっと槍《やり》の鍛錬をしている。いずれは騎士団に入るために、十二歳になったら皇都の騎士学校に通うらしい。

ここにも学校はあるけど、二人はいずれ……ここを出て皇都に行ってしまう。

「……寂しいなぁ」

「平気だ、ちょくちょく帰ってくるし」

「うん……ふぁ……」

どうやら、眠気が限界を迎えそうだ。

「アレス様、失礼しますね」

エリゼに抱かれ、俺は夢の中へ……。


その後、俺が目を覚ますと……。

「父上？」

「すまんな、起こしてしまったか？」

するとと、父さんの大きい手が俺の頭を撫《な》でる。ワシワシと……それが妙にこそばゆい感じがする。

「ううん、平気だよ」

「大きくなったな」

「そうですか？　早く大きくなって、色々なことがしたいです。僕も、みんなの仕事を手伝ったり……」

もちろん、魔法や剣なんかも習いたい。

それに、兄さんや姉さんも、畑仕事の手伝いや家のことをやっている。俺だって家族なんだから、そのお手伝いがしたい。

「ははっ、まだ早いさ。お前は、もっと気楽に生きていい」

「僕が次男だからですか？」

俺がふと思いついてそう尋ねると、父さんは少し考え込んで答えた。

「まあ、それもある。だが、お前にはもっと広い視野を持った男に育ってほしい」

「うーん……よくわかんない」

「それもそうだな。まあ、お前が元気に育ってくれればいい」

「ええ、そうよ」

いつの間にか、母上が部屋に来ていた。

「すまん、今帰った」

「あなた、お帰りなさい。お疲れ様……ふふ、それにしても真っ先にアレスに会いに来るなんて……」

「そりゃそうだ……シエラもお疲れだったな」

「いいえ、あなたに比べれば大したことないわ」

詳しいことはわからないけど、うちはあんまり裕福な感じではなさそうだ。

というのも、うちの両親は共働きのようで、朝から晩まで家にいないこともあるからだ。

母さんは畑に出たり、治療院のお手伝いを。父さんは書類仕事をしたり、森から出る魔物を退治《たいじ》し……。

そう、この世界には魔物がいるらしい。当然まだ見たことはないけど。

「まあ、確かに最近魔物が増えたかもしれん」

「そうよねぇ……私も、昔みたいに戦えたら……」

「何を言う。君は家にいてくれ。君に何かあったら……」

「あなた……」

二人は寄り添い、何やらいい雰囲気に。

俺はこのままではまずいと思い……。

「じっー……」

「「はっ!?」」

「父上と母上はどうしたの？　ずっと見つめ合って……」

「な、なんでもないぞ！　さ、さて、書類整理を……」

「わ、私もご飯の用意を……」

二人が慌《あわ》てて、部屋を出ていく。

どうやら、弟か妹ができる日も近いようです？

……ふふ～、楽しみだなぁ。

2 魔法の儀式

それから半年が過ぎ、三歳の誕生日を迎え……いよいよ、俺が儀式を受ける日になる。

それは同時に、お外デビューを意味する。この世界は危険が多く、三歳の誕生日を迎えるまではなるべく外に出てはいけない。なので、実は俺も外に出るのは初めてなのである。

初めての外……内心はドキドキである。

何せ、転生してるとはいえ、もう俺はアレスとして生きている。というか、身体に精神が引っ張られるのか、ほとんど子供に近い。姉さんや兄さん、両親に甘えるのも生まれた頃から抵抗感なかったし。

つまり頭脳も容姿も子供！　その名もアレス！

……うん！　ただの子供だね！

準備を済ませたら、父上に手を引かれ、家族に見送られる。

「アレス、いってらっしゃい」

「はい、母上！」

「ふふ、立派になったわね」

「わ、私もついていった方が……」

「おい、姉貴。それはだめって言ったろ」

「わ、わかってるわよ！」

「姉さん、大丈夫です。僕、頑張っていってきます」

「アレス……大きくなって！」

するると、いつものように抱きしめられる！

「うひぁ⁉　い、痛いです……」

「まったく、お前たちときたら……ほら、離してやれ。司祭様が待っているので、遅れるわけにはいかん」

「そ、そうだったわ」

「アレス、別に大したことないから平気だぜ」

「うん、兄さん……ではいってきます！」


そのまま、家を出て歩くと……馬を用意したエリゼが待っていた。

きっと、幼い俺のためだろう。

「旦那様、アレス様、馬の用意ができています」

「よし、アレス。準備はいいな？」

「はい、父上」

「うむ」

父上が先に馬に乗り、俺はエリゼによって持ち上げられ、父上の前に座らされる。

「エリゼ、家のことは頼んだ」

「はい、旦那様」

「よし……行くぞ」


ゆっくり馬が歩きだし……畑道を通過していく。

「わぁ……」

「ふふ、どうだ？」

「人がいっぱいです！　広いです！」

遠くを見れば広大な森が見え、両隣の畑では人々が作業している。

その畑の近くには家々が並んでいて、人々の生活が見える。

そして、思ったのは西洋風の世界ということだ。

人の容姿はもちろんのこと、家の建物や風景なんかも。

「まあ、お前にとっては広い世界だろうな。ただ、世界はもっと広い。いずれ、お前も見てみるといい」

「……僕は領地にいない方がいいですか？」

気のせいかもしれないけど、遠回しに領地から出ていくように勧められた気がして、口にしてしまった。

「いいや、そんなことはない。ただお前は次男だからな。自分の道を見つけてほしいのさ」

「うーん……兄さんや父上の仕事を手伝っちゃだめかな？」

「いや、そんなこともないさ。お前は、お前の好きに生きたらいい」

「はいっ！」

「いい返事だ。ほら、手を振ってやれ」

隣を見ると、畑から人々が手を振っているのが見える。

「アレス様ですかー⁉」

「こんにちは！」

次々と、そんな言葉が飛んでくる。

「こ、こんにちはー！」

父上が馬を止める。俺が緊張しながらも手を振ると、みんなが笑顔で応えてくれた。

「次男のアレスだっ！　三歳を迎えたので、これから外に出ることもある！　皆の者、よろしく頼む！」

「「はいっ！」」

「うむ。ではな」

「お仕事中失礼しました～！」

再び馬は歩きだす。

「父上は、ここの領主ですよね？」

「ああ、オルレアン皇国に仕える男爵家だ」

「どのくらいの広さがあるのですか？」

「難しい質問だな……例えば、あの森一帯も領地だ」

「それって、さっき見えた森ですか？」

「ああ、そうだ。ただし、まだまだ開拓はできていない。我々が管理しているのは、本来の領地の一部分ということだ」

「そうなんですね」

「あそこを開拓できれば、子供たちに……民《たみ》に貧《まず》しい思いをさせなくて済むのだが……私の力が足りないばかりに……いや、気にするな」

「父上……」

引き続き、馬を歩かせていると……。

住民の方々が、次々と父上に挨拶《あいさつ》をしてくる。そんな中、他とは違う見た目の人がやってくる。

俺はその容姿を見て、驚いて固まってしまう。

「領主様、お疲れ様です！」

「うむ、ご苦労。どうだ、この辺りには慣れたか？」

「はいっ！　おかげ様で！」

「我々を引き取ってくださり、ありがとうございます！」

「何、気にするでない。きちんと働いてくれたら、それだけでいい」

「へへ、もちろんでさ！」

「よし！　俺たちも、もう一働きするか！」

そして、再び畑仕事に戻っていく。

「あ、あれって……」

今さっき挨拶をしてきた人には、頭に耳が付いていて、お尻には尻尾《しっぽ》があった。

「ああ、初めて見るだろうな。彼らは獣人族と呼ばれる者たちだ。人に近い見た目に、耳と尻尾があるのが特徴だ」

「へぇ、あれがそうなんですね」

以前、兄さんが読んでくれた本に書いてあった。

この世界には五種類の種族がいる。その五種類とは、ドワーフ族、エルフ族、獣人族、人族、魔族だったはず。

エルフ族は希少で、森の奥に住んでいて人前に出ることはほとんどない。魔法や弓を使うことに長《た》けていて、風や水属性の使い手のみが生まれるらしい。

一方、ドワーフ族の数は少なくなく、人族に交じって生活している。武器の扱いや作製に長けていて、火属性と土属性の使い手のみが生まれるらしい。

獣人は種類も多く、人族の次に数が多い。高い身体能力を持っているが、魔法を使うことができない。人族の生活に溶け込んでいるが、あまり扱いは良くない場合もあるらしい。

人族はこの大陸で一番数が多い。なので、国を治めているのも人族だ。特に秀《ひい》でた能力は持たないけど、全ての属性魔法の適性を持つ。時折、英雄と呼ばれる者が現れることもある。勇者や聖女も人族だったらしい。

最後の魔族についてはよくわかっていないらしい。伝承にあるのみで、そもそも存在するのかどうかって感じだ。

「ああ、彼らも私たちの領民だ。差別することなく接してくれると……父としては嬉しい」

「はいっ！　もちろんです！　その……さっきはびっくりして挨拶できなかったけど、次はきちんとします」

ケモミミをもふもふしたいし！　そのためには仲良くならないと！

「……良い子だ。そうだな、びっくりするのも無理はない。大丈夫だ、彼らもわかっている。また、連れてくるとしよう」

「はいっ！　父上とお出かけしたいです！」

「ははっ！　そうかそうか！」


その後も馬が進むと、人々が寄ってきて挨拶をしてくる。父上はそのたびにきちんと止まり、丁寧に返事をしていた。

……どうやら、父上は良い領主さんのようです。

やっぱり、何か力になれたらいいな。

初めてできた、大事な家族だもん。

＊＊＊

そうしてしばらく馬を歩かせると……一際《ひときわ》目立つ建物が目に入る。

というか、どう見ても西洋風の教会だった。

「アレス、あれが大陸全土に名が広がっているマリアンヌ教会の支部だ。全ての者は、三歳になると祝福の儀を受ける。魔法の儀式とは別にな」

「どうしてですか？」

「悲しいことに、三歳まで死んでしまう者が多いからだ。だから、三歳になると祝福を受ける」

「なるほど……」

「たまに神託《しんたく》があり、勇者や聖女認定されたり……」

「えっ⁉　そんなのあるんですか⁉」

「ははっ！　お前も男の子だな！　まあ、そうそうあるまい」

「いや、父上。そういうのはフラグって言うんですよ？」

「フラグ？　それはなんだ？」

「えっと……ナンデモナイデス」

「ふっ、変な奴だ」

おっと、危ない危ない。流暢《りゅうちょう》に喋れるようになってきたから、色々と言葉が出てきてしまう。前世の言葉とかには気をつけないとね。

そもそも、三歳の時点でこれだけ話せるのもどうかと思うんだけど。

それはさておき……俺は転生してるのにまだ神の啓示《けいじ》とか受けてない。だからと言ってはなんだけど、実は勇者だった！　とか来ちゃうんじゃない？


……結果からいうと、俺はただの人だった。

特にこれといったこともなく、ありがたい？　お言葉をいただき、ささっと終わってしまった。

まあ、良いけどね！　本番は次の魔法の儀式だし！

さすがに魔法は使えるよね？

その後、いよいよ……魔法の儀式となる。ホールにある女神像の前で洗礼を終えたので、司祭様の部屋に移る。

すると、年老いた司祭様が、俺の前に水が入ったコップを置く。

「それでは、準備はよろしいですか？」

「はいっ！」

「ほほ、元気がよろしいですな」

「どうやら、勇者になれなくて落ち込んではいないようだな？」

「まあ、別に勇者になりたいってわけじゃなかったんです。シグルド兄さんが、そういう本を読んでくれたので」

「そういうことか」

まあ、そういうテンプレみたいなものに憧れてたけど。でも、どうしてもってわけじゃない。

さすがに、魔法が使えないと落ち込むけどね……ドキドキ。

「ほほ、では始めましょう」

「えっと、どうすればいいのですか？」

「このコップは、魔力を通すと不思議な現象を起こしてくれるアイテムです。古《いにしえ》より伝わり、属性魔法を行使できるほどの魔力を持っている者にだけ、特殊な反応を示します」

「そうなんですね」

「ええ。アレス様はこのコップを両手でそっと持ってください。そうすれば、あとはコップが反応いたします」

「はい、わかりました」

言う通りに、恐る恐る両手でコップを持つと……水が溢《あふ》れ出る！

同時に、何やら温かいモノが身体中を駆け巡る！

「うわっ⁉　ど、どうしよう⁉」

「大丈夫ですよ、我々があとで片付けますから」

「アレス、落ち着け」

「は、はい」

床は、俺が出した水？　でびちゃびちゃになっている。

「なるほど、魔法の才能はあるか……ふむ、水属性で良かったと思っておくべきか」

「父上？」

今のは、どういう意味だろう？

「いや、水魔法は使い勝手が良いからな。攻撃には特化してないが、光魔法を除けば唯一回復魔法を使える属性だ。司祭様、よろしければ、このまま説明していただけますかな？」

「ええ、畏《かしこ》まりました。グレイ様の言う通りです。人々の生活の役に立つこともできますし、様々な場面で役に立つことでしょう」

「はぁ、そうなんですね」

なんだろ？　気のせいか……あんまり褒《ほ》められてる気がしない。

わざと、良く言っているかのような感じだ。

「まあ、魔法が使えるだけ素晴らしいことです。一応言っておきますと、先ほどの儀式は、火属性なら水が減り、土属性ならコップ自体が震え、風属性なら水がゆらゆら揺れます。アレス様の場合は水が溢れたので水属性ということですな」

俺は司祭様にお礼を言う。

「司祭様、説明ありがとうございます。それで、このあとはどうやったら魔法を使えるようになるんですか？」

「すでに、あなた様の中には魔力があるはずです」

「さっき、一瞬だけど温かいモノを感じました」

「それが魔力です。その感覚を持って、魔法を行使すれば発動するはずです。もちろん、魔力量は人によって異なりますから、まずは初級から慣れていくことですな」

「えっと……魔力量はどうやって増やすのですか？」

「正確なことはわかっていませんが、使い続けていくと増えていく傾向があります。もしくは、成長や実戦経験などを積むことで。しかし、その限界は人によって異なります。言っておきますが、魔力枯渇《こかつ》は命に関わるのでご注意ください」

なるほど……前世でよく読んでいた小説では、魔力枯渇を繰り返して魔力の総量を増やすとかあったな。でも、それをすると、最悪死んじゃうってことか。

二回も死にたくないし、それはやめておこうっと。

「減った感覚とかは、使えばわかるのですか？」

「本当に賢い方ですな。ええ、感覚的にわかってくるはずです。きっと、お父上が師匠《ししょう》を用意して……いえ、エリゼ殿がいましたね」

「ええ、幸いにもエリゼがいますから。属性は違いますが、ヒルダもいますし」

そう返答する父上に続いて、俺は言う。

「そっか、二人に習えばいいんだ」

「ええ、私より詳しいはずですから。それでは、このあたりでよろしいでしょうか？」

「はい、司祭様。どうもありがとうございました！」

俺は姿勢を正し、しっかりとお辞儀をする。父上に恥はかかせたくないし。

「ほほ、これはこれはご丁寧にありがとうございます。将来が楽しみですな」

「ええ、まったく。司祭様、ありがとうございました。それでは失礼します」

父上がそう言って二人で挨拶をすると、再び馬に乗り、自宅に向けて進みだした。

ある程度離れたので……俺は抑えていたものを解き放つ！

「やったァァ！　魔法が使えます！」

「良かったな、アレス」

「はいっ！　水魔法なら領地に貢献もできます！」

生活水もそうだし、お風呂なんかも入れられる。

「ふむ、それは助かるが……アレスは何かしたいことはあるか？　私たちの領地を手伝う以外で」

「うーんと……一度は、冒険者にはなってみたいです」

この世界には冒険者という職業があり、割とポピュラーだ。護衛、荷物運び、魔物を倒したり、ダンジョンに入ったりなど様々な仕事がある。

最近シグルド兄さんがそういう本を読んでくれたから、少しだけは知っている。

やっぱり、そういうものに憧れはある。

「そうか、冒険者か……それもいいかもしれないな。よし、少ししたら剣の稽古《けいこ》も始めるとしよう」

「いいんですか⁉」

「もちろん。だが、本物はだめだぞ？　お前はまだまだ子供だから、ひとまず木の剣で基礎の基礎からだ。それでも少し早すぎるが……お前なら平気だろう」

「はいっ！　やりますっ！　頑張りますっ！」

「良い返事だ」

そう言い、俺の頭を撫でてくれる。

よーし！　みんなのために魔法を覚えて、剣の稽古をして……。

えっと……とにかく色々やっていくぞぉ〜！

3　チート？

俺が家に到着すると……。

「アレス！　どうだったの!?」

「姉さん！　僕は魔法が使えます！」

「やったわね！」

「はいっ！」

姉さんに抱っこされ、くるくると回される。

「ふふ、良かったわ」

「ちぇ、ずるいぜ。俺だって魔法を使いたかったし」

不貞腐《ふてくさ》れる兄さんに父上が言う。

「シグルド、気にすることはない。俺だって使えないからな。お前は俺に似ているから、そのまま槍を極めればいい」

「……はいっ！」

……そっか、兄さんは魔法が使えないんだった。その代わりと言ってはなんだけど、槍の才能がある……。

でも俺は、無神経に喜んでしまった。

「兄さん、ごめんなさい……」

「別にお前が謝ることじゃないだろ。というか、俺が謝ることだ。何、気にすんなよ。少しだけ仲間はずれな気がしただけだ」

そう言って、俺の頭を乱暴に撫でる。

「兄さんは兄さんです！」

「ははっ！　何を当たり前なことを……まあ、ありがとな」

「……そうよ、シグルド。あなたも、私の大事な弟よ」

「き、気持ち悪いな……イテッ!?　なんで殴るんだよ！」

「殴るに決まってるじゃない！　気持ち悪いとは何よ！」

姉さんが、兄さんを追いかけ回す。

そんな二人の様子はおかしかったけれど、少しだけ疎外感《そがいかん》を覚える。歳が離れているから、俺だとああいう感じにはならないし。

「わ、悪かった！　謝るから！　アレス！　なんとかしろ！」

「兄さん、今のは兄さんが悪いよ。うんうん、大人しく殴られた方がいいと思います」

「は、薄情者《はくじょうもの》！　ええいっ！　こうなったら！」

「わぁ!?　兄さん!?」

突然、兄さんが俺の後ろに回り……そのまま抱き上げる。

「ククク、これでどうだ？　手が出せまい」

「姉さん！　助けてぇぇ～！」

「くっ!?　卑怯《ひきょう》ね！」

「ったく、何をやっているんだか」

「ふふ、いいじゃない。兄弟仲良くて」

「ええ、奥様のおっしゃる通りかと」

父上たちに見守られながら、俺たちはわちゃわちゃと遊ぶのだった。

……もしかしたら、兄さんが気を遣ってくれたのかもね。まあ……単純にふざけてた可能性はあるけど。

＊＊＊

その後、兄さんは父上との稽古に行き、姉さんは勉強に。母さんは洗濯物を畳みながら縁側で俺とエリゼを見守っている。

「それでは、アレス様。ここからは、私が指導しましょう」

「はいっ！」

「良い返事です。魔法の説明は受けましたか？」

「えっと、なんとなくだけど」

俺が司祭様に教わったことを伝えると……。

「さすがはモーリス殿ですね。それなら、私が注意する点はほとんどないかと。逆に、アレス様から何か質問はありますか？」

「みんなの属性と……有用性について知りたいです」

「有用性ですか。ふむふむ……そうですね、それを含めてご説明します」

「うん、お願い」

「まずは属性についてですが、ヒルダ様は火属性魔法、奥様は水属性魔法を使えます。そして私は、風属性魔法を使います」

「えっと……僕が水属性使いなのは、母上がそうだから？」

「間違ってはいないし、正解でもないかと。確かに、受け継ぐ可能性が高いことはわかっています。ですが、そうでない場合もあるのです。以前は、それで不貞《ふてい》を疑われる事態もあったので研究されましたね」

……ああ、なるほど。貴族は血を大事にするって聞いたことあったし、そりゃ大事だよね。

「っと……アレス様には、まだ早かったですね」

「う、うん、よくわかんない」

「では、話を変えまして……あと、ごく稀《まれ》にですがダブルという存在が生まれます」

「ダブル？」

「二つの属性を持って生まれる者のことです」

「へぇ～、それって凄いのかな？」

「そもそも、魔法を使える者が、一割と言われています」

十人に一人ってことか……珍しいけど、びっくりするほど珍しいってわけじゃないと。だから、この家に四人いても、多いけどおかしくはないと。

「ふんふん」

「そして、その中でもダブルを持つ者は稀です。おそらくこの世界でも、指で数えられるほどです」

「指で数えられる……十人以下ってこと？」

「ふふ、もう数がわかるのですね。とはいえ、アレス様なら当たり前ですね」

「ま、まあね」

「本当に賢い子ですね……さすがです」

ま、まずい、あんまり賢いと思われるとあれかな。でも、これだけは聞いておかないと。

「えっと、有用性についてなんだけど……」

「火属性は広範囲にわたる全体魔法から、圧縮して強い威力となる単体魔法まで使えます。土属性は高い威力を誇る攻撃だけでなく、防御にも使えます。風属性は汎用性が高いですね。基本的にどこでも使えます。あと攻撃や防御もそうですが、自分自身の素早さを上げたりもできます」

「……水属性は？」

「水属性は貴重な回復魔法を使うことができます……が、所詮光魔法の下位互換と言われたりしますし、お世辞《せじ》にも攻撃向きとは言えません。威力もそうですが、基本的に後衛に回されます」

……ん？　攻撃向きじゃないの？　戦いにおいて回復魔法は大事だから、後衛っていうのは理解できるけど。

「確かに、水魔法は大事です。生活に必須ですし、魔石は飛ぶように売れます。しかし、悪い言い方をすれば……雑用魔法とも呼ばれたりします」

「雑用魔法……」

「戦い向きではないという意味ですね」

……どうやら、この世界の水魔法は立場が弱いらしい。

……でも、色々と疑問がある。

「ねえ、どうして水魔法は攻撃に不向きなの？」

「そうですね……一つに近接戦闘に向いていないことです。近づかれた時に、対処が難しいのです。火属性なら燃やしますし、土属性なら貫きますし、風属性なら切り裂きますが……水属性には、そういった技がないのです。ゆえに、色々な意味で後衛担当になります。無論、近接武器を極めれば問題はありませんが……両方をやろうとし、中途半端になる人が多いです」

「へぇ……」

つまり、水の攻撃魔法はあんまり発展してないってことかな？

その理由を考えるに……回復魔法を使わせるために魔力を温存させてきたとか？　回復魔法としての需要や生活必需品扱いされて、今まで攻撃魔法を極めようとしなかった？

……うーん、わからない。

「ですが、ご安心ください。攻撃魔法が使えないわけでもないので。ひとまず、やってみましょう」

「うん、やってみる」

「では、腕を前に出してください。そして、こう言います。我が手より出ずるは水、ウォーター」

「我が手より出ずるは水——ウォーター」

すると、俺の手から水が流れる。

「おおぉ！　魔法だっ！」

雑用魔法か知らないけど、俺にとっては凄いことだ！　それに、おそらく……前世の知識のある俺の考えでは水魔法は強いはず。

水が使えるってことは……まあ、あとにしようか。

「ふふ」

「まあ、アレス様ったら」

「あっ……ごめんなさい」

「いえ、何も謝ることはありませんよ」

色々妄想していたら、エリゼに変なふうに思われてしまった。

そこへ、母上がやってくる。

「ええ、そうよ。私もそうだったから」

どうやら母上は、ちょっと前から話を聞いていたらしい。

「奥様。遅れましたが、先ほどは失礼いたしました」

「いいのよ、エリゼ。きちんと伝えておかないといけないことだから」

その目は、少し寂しそうに見える。もしかしたら、母上も過去に、水魔法使いということで、辛《つら》い目に遭ってきたのかもしれない。だとしたら、俺のやることは決まってる。

「母上！　大丈夫です！」

「アレス？」

「僕が水魔法は使えることを証明しますから！」

「あらあら……ふふ、楽しみにしてるわ」

「はいっ！」

「じゃあ、もう一度やってみましょう」

「わかった。我が手より出ずるは水――ウォーター」

再び俺の手から水が流れ……特に変化はない。

「……ところで、魔力はどうですか？」

「へっ？　……全然、減ってる感じはしないかな」

「ほんとですね？　嘘ではないですね？」

「う、うん」

「……なるほど。奥様、どうやら魔力は相当ありそうです」

「そうね。三歳の子供なら、今ので疲れるはずよ」

「そうなんだ……というか、なんで唱えるの？　唱えないと魔法は出せないの？」

俺が疑問に思っていたことを尋ねると、エリゼは答える。

「唱えなくても魔法は出せます。ですが、唱えた方が魔力効率も良いし失敗しないのです。魔法とはイメージが大切で、そのための呪文でもあります。それを唱えてる間に、体の中で魔法が生成される仕組みです」

なるほど……確かに、失敗したら元も子もないか。でも、イメージなら簡単にできてるし。

「試しにやってみてもいい？」

「……まあ、いいでしょう。幸い、私と奥様がいますから」

「じゃあ……ウォーター」

次の瞬間——俺の手から勢いよく水が溢れ出る！

「うひぁ!?」

その反動で、俺は尻餅《しりもち》をついてしまう。

「アレス様!?」

「す、凄い、水の量……」

「え、えっと……どういうこと？　おんなじ感じで魔法を使ったんだけど……」

「まさか……詠唱がない方が魔力伝導の効率がいい？」

「エリゼ、どういう意味？」

「そうですね……詠唱とは魔法をスムーズに出すための装置のようなものです。しかし、理由はわかりませんが……アレス様のお身体は、それが逆に邪魔になってる可能性がございます」

……確かに、詠唱するのは違和感しかなかったけど。俺がよく読んでいた小説では、無詠唱なんか当たり前だったし。

この世界の人にとっては、詠唱することが当たり前だから、そっちのがイメージしやすいんだろう。

でも、転生してきた俺には、頭の中で想像した方がイメージしやすいってこと？

「よくわかんないけど……凄い？」

「ええ、もちろんです。それならば、水属性でも問題なさそうです」

「あっ、そっか。呪文を唱えなくてもいいってことか」

「そういうことです……しかも、元々の魔力量が多い」

もしかして……これって、チートってやつなのかな？　うーん……まだわからないや。


その後も、魔法を使い続け……。

「あっ……疲れたかも」

「では、そこまでにしましょう」

「ふふ、お疲れ様」

「ふぁ……」

そして、俺の意識は沈んでいく……とりあえず、魔法が使えて良かった。

＊＊＊

家族が全員寝静まった頃、私――グレイはエリゼより報告を受ける。

「エリゼ、アレスはどうだ？」

「そうですね。水属性ということで、どうかと思いましたが……やはり、只者《ただもの》ではなさそうですね。無詠唱の方が威力が高いとは……魔力量も、あの歳にしては多いですし。他にも、何かありそうな感じがします。元々、生まれた頃から賢い子でしたから」

「確かに、アレスは生まれた頃から賢かったな。赤ん坊の頃から、私たちの会話をわかっているような感じもある。それに、すぐに言葉や歩きも覚えた。そうか……どうやら、平穏《へいおん》というわけにはいかないか」

「ですが、わかっていたことでは？　だから、領地に置いておく気もなかったのでしょう？」

「……まあな、こうなる気はしていた」

できれば、アレスには平穏な日常を送ってほしい。そして同時に、そんな平穏な日常にはならない可能性もわかっていた。

そう、あの子がうちに来た日から。

「こうなると、逆に力を付けさせた方がいいのでは？」

「力を付けさせるか……致《いた》し方あるまい。それが、アレスのためになるのなら」

どんなだろうと、あの子が可愛い息子には違いない。

それが、我々家族一同の想いだ。

たとえ、誰がなんと言おうとも……アレス本人が思ったとしても。

「魔法の鍛錬は心配ありませんね。私や奥様、ヒルダ様がいますから」

「ああ、次は武器の適性を見なくてな」

武器まで使えるとなると……どうなることやら。

いや、こうなったら使えるようになってもらう方がいいかもしれない。

「何はなくとも、まずは報告をせねばなるまい。エリゼ、お前に任せる。それがお前の——本来の仕事のはずだ」

「ええ、もちろんです。では、失礼します」

扉から、エリゼが出ていくのを確認して……椅子の背もたれに寄りかかる。

「ふぅ……この時が来たか」

しかし、私のやることは変わらない。

何としても、この領地を守り抜く。

そして、アレスを……愛する息子を立派に育て上げる。

4　お勉強と姉さん

魔法の儀式から一ヶ月経って……少しずつ、魔法を撃てる量が増えてきた。

そんな中、本日も庭に出て魔法の鍛錬をしてます。

ちなみに今の俺の生活は、大体こんな感じだ。

午前中に魔法の鍛錬、休憩してお昼ご飯、その後にお勉強をして、疲れてお昼寝、兄さん姉さんが学校から帰ってきて遊ぶという流れになっている。

休日の場合は、全員で過ごしたり、お出かけしたりしている。

「つ、疲れた……」

「アレス様、お疲れ様でした」

「エリゼも、毎日ありがとね」

「いえ、それが私の役目ですから」

……この間から、エリゼの様子がおかしい気がする。

休日だろうが平日だろうが、やたらと俺に付きまとうようになってきたし。

いや、姉さんや兄さんと違って、俺は目が離せないからかもしれないけどね。姉さんと兄さんは、もう子供だけど戦えるみたいだし。

実際に兄さんなんかは、魔物退治のお手伝いなんかをし始めてる。姉さんも、領地に迷い出た魔物を退治したこともあるみたいだ。

……俺も、早くお仕事手伝いたいなぁ。


その後、お昼ご飯を食べ終わると……。

「次はお勉強をしましょう」

「えぇ～剣の稽古がいい！」

父上も、そろそろ始めてくれるって言ってたのに。というか、教えるのはエリゼらしいし。

だから、どちらにしろエリゼの許可がいるってわけだ。

「では、この問題を解けたらいいでしょう」

「ほんと!?　何、何!?」

「ふふ、では問題です。一週間の曜日と、一月《ひとつき》と一年は何日あるでしょうか？」

「そんなの簡単だよ！　火の日、水の日、風の日、土の日、闇の日、光の日だよ！　あと一年は三百六十日で、一月は三十日だよ！　ちなみに、光の日がお休みで、第二第三の闇の日がお休みです！」

「正解です。さすがはアレス様ですね」

「これくらい簡単だもん」

このあたりは前世と近いから、覚えることは簡単だった。そもそも、よくわからないけど、生まれた時から言葉は理解できたし。

この感じだと、この先の問題も楽勝だね！

……ただ、怪しまれないように答えないと。知ってたらおかしいことは、なるべく知らないふりしようっと。

「では、次の問題です。この大陸の名前と、私たちが住んでいる国、領地をお答えください」

「えっと……ガルガンディア大陸で、オルレアン皇国。そしてここは辺境のナイゼル領、かな」

「正解です。ちなみに、ガルガンディアは基本的に暖かい土地です。暑いことはあっても、寒いということはない大陸です」

「へぇ～、そうなんだ。確かに、寒いって思ったことはないかも」

「まあ、アレス様は最近までほとんど家の中ですし、寝ていることが多いですから」

なるほど、それも水属性がこき使われる理由でもあるのか。暑いなら、生活用品として魔石に魔法を込めないといけないし。

「じゃあ、雪とかはないの？　絵本とかには描いてあったんだけど」

「残念ながら、この大陸には雪というものはありません。多分、見たことがない人がほとんどかと」

雪がない……つまり、氷もない？

そうなると、やっぱり実験する必要が出てくるね。

「でも、本になってるんだよね？　ということは、誰か見たことがあって、それを伝えてるってことだよね？」

「……まだ早いですが、ついでに説明しましょう。このガルガンディア大陸は、三つの大国と小さな国々でできています。そのうちの一つが、我々の住んでいる国であるオルレアン皇国で、大陸の北東に位置します。もう一つが、南に広がるグロシス王国。最後に、北西側に位置するセルラン公国があります」

「ふんふん」

「まあ、地図や地理などはすぐには理解できないと思いますので、追々《おいおい》ご説明はします。とにかく、その三つの国が中心となっています。そして、我が国は幸いにして海に面しております」

「海……」

「海とは……なんと言えばいいのか、とりあえず大量の塩水があるところです。そして、時折違う大陸から行商船がやってくることがあります。その者が持ってきた本や知識によって、雪などがあることはわかっています」

「なるほど……」

「いずれ、アレス様も連れてって差し上げますね」

「うんっ！」

海かぁ……美味しいものがたくさんありそう！

そういえば……うちは、お世辞にも食料事情がいいとは言えない。

野菜とかはあるけど、基本的に硬いパンとスープだし。肉もたまに出るけど、それは領民たちに配ってたり、売りに出しちゃうみたいだし。

もちろん、それ自体は立派なことだと思ってるけど……。

「どうしましたか？」

「うんと……もっと、いっぱいご飯が食べたいかなって」

俺がそう口にすると、エリゼは俺に寄り添うように言う。

「そうですね……我が領地にはお金がないですからね。魔法を込めようにも、魔石の数も少ないですし」

確か、魔石は鉱山から採れるって書いてあった。

まあ、詳しいことはさすがにわかんないや。

というか……眠くなってきた。いつも、このくらいの時間に起きていられなくなる。

「ふぁ……」

「少し難しい話をしすぎましたね。そういうのはまたにしましょう。疲れましたか？」

「そ、そんなことないよ。剣の稽古しないと……約束したもん」

「ふふ、平気ですよ。きちんとできていましたので、お昼寝終わったら約束通り教えますからね」

「ほ、ほんと？　……ん、なら……」

意識が朦朧としてくると……何か、柔らかいものに包まれる。

「では、僭越《せんえつ》ながら私が付き添いますね」

その顔は、とても柔らかく微笑んでいて、いつもの無表情な感じではない。

そういえば……エリゼって何者なんだろう？　家のことは全部できるし、父上と母上からの信頼も厚い。全然、歳も取った感じしないし、魔法も使えて強そうだし。しかも、疲れてるところや寝てるところを見たことないし……謎が多い。

……まあ、いいや。

エリゼは優しいいし、いつも俺の面倒も見てくれる……それだけでいいよね。

「エリゼも、僕にとっては大事な家族だから……」

「……ふふ、ありがとうございます」

柔らかな感触を感じながら、俺は気持ちよく眠りに落ちていく……。

＊＊＊

……よく寝た！

お昼寝から、俺が飛び起きると……。

「あら、起きたのね」

「姉さん……お帰りなさい」

「ただいま、アレス」

「あれ？　兄さんは？」

「一度帰ってきて、父さんの仕事を手伝いに行ったわよ」

「そっか……よし、僕も頑張らないと」

「じゃあ、私が見ててあげる」

「うんっ！」

姉さんと手を繋いで、エリゼのもとに向かう。


「エリゼ〜！」

「起きたのですね。では、稽古を始めましょうか」

「うんっ！」

三人で庭に出たら、木剣を渡される。

「では、適当に打ち込んでみてください」

「いくよっ！」

剣を構えて近づき、横薙《よこな》ぎに振るう！

「へぇ……良いですね。まるで、どこかで習ったようです」

「そ、そうかな？」

俺は前世では剣道部員だった。なので、普通の人より扱いはわかってるかも。

「ええ、これならば剣を覚えても良さそうです。では、続けてください」

「わかった！」


俺はその後も、剣を振るい続けたが……当然ながら、エリゼに当たることはなかった。

「はぁ……はぁ……疲れたぁぁ……」

「お疲れ様です。では、ここまでにしましょう。どうやら、アレス様には剣の才能もありそうですね。なので、これから毎日稽古です」

「が、頑張る！　早く、強くならないと……」

そうしないと役に立てない。前世の俺は……いらない子だから、捨てられたに違いないから。俺が焦ったように言うと、姉さんは宥《なだ》めるように話す。

「アレス、別に急がなくていいのよ」

「でも……僕だけ役に立ってないよ」

「どういうこと？」

「兄さんは、父さんの手伝いをして、畑仕事だけじゃなく狩りにも出てるって。姉さんも勉強の合間を縫って畑に出たりしてるって。僕だけなんの役にも立ってない……家族なのに」

「アレス、こっちを見なさい」

「へっ？　――痛っ!?　な、なんで、デコピンするの!?」

「つまんないこと言ってるからよ。誰かが役に立ってほしいって言ったの？　そうしないと、家族じゃないって」

「へっ？　……い、言われてないよ」

「なんで、あなたがそう思ったのはわからないけど……でも、役に立たなくてもいいのよ。アレスが元気に育って、笑ってくれて、立派な男の子になってくれたら……私たちは、それだけで嬉しいから」

「そうなの？　役に立たなくてもいいの？」

「ええ、もちろんよ。きっと、みんな同じように言うと思うわ」

「エリゼも？」

「ええ、もちろんです。きっと、奥様や旦那様も」

「そして、シグルドもね。というか、私たちのがお姉ちゃんなんだから……少しは甘えてよ。それが末っ子の役目でもあり、ある意味で特権じゃない」

そっか……俺は役に立たなくてもいいんだ。

それでも、家族でいられるんだ。

「……はいっ！　じゃあ、姉さんとお出かけしたいです！」

俺は早速《さっそく》甘えてみた。

「とりあえず、お散歩でも行きましょう。エリゼ、いいかな？」

「ええ、もちろんです。では、私がお供しましょう」

「あれ？　家が無人になるけどいいの？」

まあ、うちは裕福じゃないし、領民もいい人が多いから心配ないのか。

「ええ、問題ありません――風よ」

エリゼがそう言うと、家全体を緑色の膜《まく》が覆う。

「な、何をしたの？」

「いわゆる、風の結界を張りました。これに触れた者がいれば、私にわかる仕組みです」

「へぇ……そんなこともできるんだ」

「風属性ならではの魔法といったところです。では、参りましょう」

＊　＊　＊

その後、姉さんとエリゼと散歩に出かける。

姉さんがさっきのことを怒るように言う。

「まったく、変なこと考えて……今のうちに、アレスと過ごさないとね。それで、お姉ちゃんが、どのくらいアレスを可愛いって思ってるかをわからせないと」

「もうわかってるから、大丈夫だよ。それで……姉さんは、いつになったら出ていっちゃうの？」

「あと、もう少しね……」

姉さんは俺より八歳上なので、もうすぐ十二歳になる。

そうすると、皇都にある学校に行ってしまう。なんでも魔法が使える者限定の、限られた人しか入れない学校みたいだ。

ちなみに皇都へは、ここから馬車で、十日くらいかかるらしい。

つまり……長期休暇でもない限り、会うことはできない。

「しばらく、会えなくなっちゃうんだ……」

「平気よ。休みになれば帰ってくるから。それに、シグルドもいるわ」

「でも、兄さんもいなくなっちゃう」

貴族の義務として、兄さんは騎士学校に入学する必要がある。そこで本格的な訓練や、領地の経営や貴族社会を学んでいくそうだ。

「私がいますよ。もちろん、旦那様と奥様も」

「うん、わかってるけど……やっぱり、寂《さび》しいや」

俺には遊び相手もいないし……。

どうやら、この領には元々人が少ないうえに、同じ歳の子も少ないみたい。何より、俺は領主の息子だから、きっと気を遣われちゃうし。

「大丈夫よ、アレスにも友達できるから」

「どうしてわかるの？」

「それは内緒。でも、お姉ちゃんは嘘《うそ》つかないから」

「ほんとかな？」

そう言い、俺のほっぺをムニムニする。

「にゃにするにょ～」

「お姉ちゃんの言うことを聞けない子はこうしてあげるわ」

「ふぁい！　わかりますたっ！」

「ならばよし。まあ、それまではいっぱい遊んであげるから……ねっ？」

「はいっ！」

「良い返事ね。じゃあ、このまま父さんたちに会いに行きましょう」

俺は姉さんと手を繋いだまま、夕日に染まる田んぼ道を歩いていく。

それが、ただ無性《むしょう》に嬉しくて、心が温かくなる。

上手く説明できないけど……この景色を、ずっと覚えていようと思う。

＊＊＊

……私の可愛い弟。

隣で手を繋いでいる、小さなアレスを見て、私――ヒルダは思う。

「姉さん、ずっと笑っててどうしたの？」

「アレスが可愛いからよ」

「そ、そう？　……姉さんは美人さんです！」

「あら、ありがとう」

「きっと、皇都に行ったらモテモテですね！」

「どうかしら？　でも、私は今のところ興味ないから」

「そうなんですね。まあ、僕が認めた相手じゃないと許しませんけど」

「ふふ、それは大変ね」

忙しい母上に変わって、赤ん坊の頃から面倒を見てきたから、可愛いのも当然だ。

シグルドも、まあ……弟ではあるけど。

ただ、あいつは歳が離れてないから、気がついた時は大きくなってたし。すぐに生意気になって、全然可愛くはない……こともない。

そう……アレスの小さな手が私の手に触れたあの日から、この子は私の可愛い弟になった。

あの時のことは、未だに覚えている。

そして、同時に私のすることも決まった。

この子を守るために、強くなること。

家族のために、領地のために、きちんと勉強すること。

寂しいけれど、皇都に行って成長して帰ってくる。

……もしもの時のために。

それが、長女である私の役目……ううん、違う。

それが、単純に私のしたいことだから。

5　兄さんとの時間

それからさらに半年くらい経ち……姉さんは十二歳の誕生日を前に、皇都へと旅立っていってしまった。

家の中は、少し広く感じ……未だに、少し寂しい。

たまに、いるはずのない姉さんの部屋に行ってしまうくらいに。

「おい、アレス……今日もここにいんのかよ」

「だって……姉さんいない」

「仕方ねえだろ？　姉貴は優秀な魔法使いになれる器《うつわ》だ。ここじゃ、姉貴の成長は止まっちまう。大丈夫、また会えるさ」

「うん……わかってるもん」

それでも、寂しいことに変わりはない。

今までは毎日会ってたのに、三年間は年に二回くらいしか会えない。三年後には、俺は七歳になってしまう。

「ったく、仕方ねえな……ほら」

「わぁ!?」

後ろから掴まれて、抱っこされる。

「お前には、俺がいんだろ？　まあ、俺もなんだかんだで寂しいし……どっかに、遊んでくれる弟はいないかね？」

「兄さん……仕方ないなぁ、僕が遊んであげる！」

「ははっ！　偉そうだな！」

兄さんはそう言い、豪快に笑う。

最近では、休みになるといつもこうして励《はげ》ましてくれる。

きっと、自分だって稽古したいし、友達とかと遊びたいのに。でも、俺のために時間を使ってくれる。

……暗い顔ばかりしてちゃだめだよね。

「偉いもん！　もう泣かないし！」

「おっ、そうか……んじゃ、遊びに行くとするか」

「うんっ！」


それからエリゼのもとを訪れて、お出かけの相談をする。

「そういや……お前は一人だと、この辺りしか行ったことないっけ？」

「うん、父上と母上がだめだって」

この領地自体は広いけど、実際に住む場所は狭い。ほとんど田んぼや畑だし、建物もうち以外は平屋だ。確か、住んでいる人も千人くらいって言ってた。

田舎風景と相まって、辺鄙《へんぴ》な村って扱いになるのかな？

その中でも、俺の行動範囲は限られる。家と家の庭、目の前の田んぼ道くらいしか行けない。もちろん、両親が休みの日とかは、少しだけ外に連れてってくれるけど。

でも、子供だからか、あんまり自由にはさせてくれないし。

「それはつまんねえよな。お前も四歳になったわけだし……エリゼ、いいかな？」

「……いいでしょう、私がいますし」

「んじゃ、決まりだ。俺と商店街まで遊びに行くか？」

「ほんと⁉　行く行く！　ありがとう、シグルド兄さん！」

「へへっ、いいってことよ」

＊　＊　＊

その後、兄さん、エリゼに連れられて、領地を案内してもらう。

今来たのは、真ん中に大きな木がある場所。そこを囲むように店が並んでいる。

「ここがうちで唯一の商店街だな。みんなは、ここで買い物をしたり、集まったりしている」

木の下では、奥様たちと思《おぼ》しき人だかりがあり、談笑している。その周りでは、子供たちが走り回っている。

へぇ、以前教会に行く時は通らなかった場所だね。

「友達いていいなぁ」

「お前が行ってもつまらんと思うぞ？　立場もそうだが、お前とは精神年齢が違うしな」

「うーん……同じ立場かぁ」

「うちは善政《ぜんせい》を敷いているが、一応貴族だからな。俺たちも一線を引かないといけない。相手が大人ならまだやりようはある。しかし、相手の子供が俺たちを怪我《けが》でもさせたら……わかるな？」

「う、うん……その親が罰《ばっ》せられるよね」

「ああ、そういうことだ。そのうち、友達はできるから心配するな」

「姉さんも同じこと言ってたけど……どういうこと？」

「そのうちわかるさ。ほら、案内するからついてこい」


兄さんに案内されて、出店を巡《めぐ》っていく。

「魔石売り場だ」

「おおっ……いっぱいある！」

そこには、色とりどりの綺麗な石が置いてあった。

確か、魔石は空気中にある魔素《まそ》が結晶化したモノだっけ？　だから、魔石には魔法を込めることができるらしい。

「魔石は青が水、黄が土、緑が風、赤が火、白が光、黒が闇の魔法を込められる。魔石の大きさによって、ある程度込められる魔法が決まる。大きさによっては、攻撃魔法は込められない。まあ……ここにあるような魔石だな」

「ふんふん……これを手に入れるには買うしかないの？」

「まあな……うちの国は鉱山が少ない。その代わりに、森や海があるから資源は豊富だ。だから、鉱山の多い砂漠《さばく》の国から魔石を買い取ってる。もしくは、冒険者ギルドに依頼したりな」

「なるほど……うちには冒険者ギルドはないの？」

「冒険者ギルドは世界中にある独立した組織だ。国との結びつきもあるが、基本的には独立した組織だからな。国から頼んで、都市や町にギルドを作ってもらう流れが多い。もしくは儲《もう》かると思ったら、ギルド自ら売り込んでくる。まあ、うちには……そういうものがないってわけだ」

ギルドを通した物流がないってことは、うちは基本的には自給自足に近い生活をしているってわけかな。獲ったものを自分たちで食べて、皮や骨を衣服や武器に利用したり。

「でも、未開の地があるんでしょ？」

「まあ……そうなんだが」

「アレス様、そのあたりで。あんまり知識を一気に詰め込んでも、覚えられないでしょうから」

エリゼにそう言われ、俺は質問をやめる。

……全然、問題はないけど、ここら辺にしとくかな。怪しまれるのもアレだし。

「うん、わかった」

「んじゃ、屋台でおやつでも買っていこうぜ」

「いいの!?」

「おうよ、俺が奢《おご》ってやる」

すぐに近くにある屋台に行くと……おじさんが話しかけてくる。

「おっ！　シグルド坊ちゃんじゃないですか！」

「よう、おじさん。悪いが、串焼きを二つくれ。ほれ、挨拶しな」

「は、初めまして！　アレス・ミストルです！」

……あれ？　家名を名乗ったの、何気に初めてだ。

「これはこれは、ご丁寧にありがとうございます。なるほど、シグルド坊ちゃんと違って賢そうだ」

「おいおい、そりゃないぜ」

「ははっ！　申し訳ありません！」

「罰《ばつ》として、串焼きを三本だな」

「こりゃ、参りました。ええ、どうぞ持っていってください」

「いいんですか？」

「ああ、おじさん……置いていくぜ」

兄さんが、硬貨を何枚か置く。

「お、多いですよ!?」

「釣りはいらない。その代わり、弟が来ることがあったら奢ってやってくれるか？」

「なるほど。ええっ、もちろんです！」

「兄さん……ありがとうございます」

「これは俺が稼いだお金だし、たまには兄貴らしいことしないとな。ほれ、行くぞ」

そう言い、右手で串焼きの袋を持って、反対の手を俺に手を差し出す。俺はその手を強く握る……感謝が伝わるように。

すでに十一歳になり、体格のいいシグルド兄さんの手は大きい。

戦いも強いみたいだし、今みたいに領民の人にも好かれてる。

きっと、父上のような立派な領主になれるよね。

……役立たずと思われたくないから、役に立ちたいとかじゃなくて。俺の意思で、兄さんのお手伝いができたらいいな。

＊＊＊

いやいや……ったく、ほんとに手のかかる弟だ。

だが、俺——シグルドのたった一人の弟だ。

もう二度とできることがない、掛け替えのない宝物だ。

あくまでも俺の主観だが……アレスが来るまでは、うちは暗かった。両親も暗い顔をすることが多かった気がするし、俺と姉貴も喧嘩《けんか》ばかりしていた。

それが、アレスが来てから明らかに変わった。

両親は明るくなったし、俺たちもアレスがいるから喧嘩をしなくなった。どっちが良いお兄さんとお姉さんになるか、競争はしていたが。

とにかく、アレスのおかげでうちが変わったことだけは確かだ。それだけでも、俺にとっては大事なことだ。

それに加え、男兄弟が欲しかった俺にとって、アレスの存在は大きかった。生意気で手のかかる弟だが、可愛くて仕方がなかった。

それが……たとえ、どんな生まれだろうと。

みんなで過ごしてきた時間は本物だし、それこそが俺にとっての真実だ。

だから、この先……何があろうとも、アレスが俺の弟ということに変わりはない。

そう……たとえ、どんな結果になろうとも。

＊＊＊

それから半年が過ぎ、いよいよ兄さんも忙しくなってきた。

今は、皇都に行くうえでの常識だったり、礼儀などを最終確認している。うちは貴族の中では一番下の男爵家だし、色々と気をつけないといけないらしい。

ついでなので、俺も一緒に授業を受けることにする。

……そうすれば、少しでも兄さんと一緒にいられるし。


というわけで、兄さんの部屋に突撃です！

階段を上がって、兄さんの部屋の扉を開ける。

「では、シグルド様……アレス様？」

「どうした？」

「えへへ、僕も勉強しようかと」

兄さんが勉強を開始する横で、俺も椅子を持ってきて座る。いつもなら、一階で魔力を練ったり、適当に遊んだりしてるけどね。

「そうですね。早いうちに知っておいても良いかもしれません」

「おいおい、アレス。いいけど、邪魔はすんなよ？」

「はいっ！」

「……いい考えですね」

何やら、エリゼが考え込んでいる。

「エリゼ、どうしたの？」

「シグルド様、いい機会なので、シグルド様がアレス様に教えましょう」

「何？　どういうことだ？」

「教えることでより理解力が増しますから。何もわからないアレス様にもわかるように説明をしてください」

「なるほど……一理あるな。よし、アレス。俺が教えるから、よく聞くといい」

「はいっ！」

やったぁ！　これで兄さんといられる！

姉さんとは魔法っていう共通の勉強があったけど、兄さんは槍使いで俺は剣を使うみたいだから、あんまり一緒に勉強とか鍛錬とかはなかったりする。

まあ、正直言って……今から聞く内容は前世の知識があるので、ある程度は知ってたりするんだけど。

「んじゃ、始めるとするか。まずは、うちの貴族制度についてだ。うちの家の爵位はなんだ？　そして、頂点にいらっしゃる方は誰だ？」

「男爵の爵位です！　一番上は皇帝陛下です！」

「正解だ。上から順番に皇帝陛下、王家の血を引いた分家扱いである公爵、普通の侯爵、伯爵、子爵、男爵、騎士爵となっている」

「ふんふん」

「ここまではわかるか？」

「えっと、騎士爵とはなんですか？　うちが一番下の爵位だと聞いた気がします」

「おっ、よく気づいたな。騎士爵っていうのは、貴族一歩手前の身分だ」

「貴族ではないのですか？」

「ああ、正確には貴族ではない。基本的に、国の礎《いしずえ》を作った貴族は生まれた頃から貴族だ。そして、爵位を継げるのは子供のうち一人だけだ。だが、それ以外の子供たちはどうする？　平民や平《ひら》兵士が成り上がるためには？」

「……そういう人が功績を立てて、騎士爵になるってことですか？」

「おっ、さすがだな。それで合っている。ちなみに、うちの父上もこのタイプだ。父上の父上……祖父が功績を立てて、先代の皇帝陛下に爵位を与えてもらったってわけだ」

「へぇ、そうだったんですね」

確かに、あんまり貴族って感じの生活はしてないって思ってたけど。いわゆる、新興貴族ってやつなのかも。

「これが、うちの貴族制度ってやつだな。そして、貴族階級は絶対だ。うちみたいな男爵家の者が、上の爵位の家の者に逆らってはいけない。これは、変えられないルールだ」

……どこの世界でも一緒か。それはそれで、なんだかなぁ。どうせなら、みんな仲良くがいいな……甘いって言われちゃうと思うけど。

「逆らったらどうなるのですか？」

「まあ、最悪の場合……殺されることもある」

「ひぇ……」

「まあ、滅多《めった》にないから心配するな。今現在皇位に就いている……ロナード皇帝陛下は、そういったことを好まないらしい。貴族階級を変えることはしないが、それを笠《かさ》に着て好き勝手やる貴族には厳しく処罰するようだ」

「ロナード皇帝陛下……その人が王様なんですね」

なるほど、いい人っぽいな。そういう人が上にいると、下の者たちも安心して暮らせるよね。

「ああ、そうだ。若いけど、立派な王様だ」

「若いのですか？」

「まだ三十五歳だったはず。まだ、皇位に就いてから五年くらいだしな」

なるほど、俺が生まれた時期くらいってことか。うんうん……もしかしたら、いい時代に生まれたのかも。

「そうなんですね。僕も、いつか会うことあるのかな？」

「……あるんじゃねえか」

「どうすれば会えますか？」

「そりゃー、お前が成り上がるしかないだろ。お前はうちを継がないわけだし」

「でも、ここにいてみんなのお手伝いしたいです」

いぜ」

「そりゃ、嬉しいけどよ。お前には、お前の人生がある。それを、俺たちのために使うことはな

「迷惑かな？　姉さんにも聞いたら、そう言われた……」

「なら、答えはわかってるな？　俺も姉貴と同じ気持ちだ」

そう言い、俺の頭を撫でる。

「うん、わかってる」

二人が、俺を邪魔だと思っていないことくらいは。それがわかるくらいの愛情を注《そそ》いでもらっている。

だから、本心から俺のことを想って言ってくれていることも。

でも……それでも、少し寂しいよね。

「まあ、お前が大きくなって……それでも俺たちといたいって言うなら、その時に考えたらいい。とりあえず、今は好きに生きたらいいと思うぜ」

そう言うと、兄さんは再び俺の頭を撫でる。

「兄さん……うんっ！」

「よし。エリゼ、こんなところでいいか？」

「まあ、いいでしょう。言っておきますが、これは初歩の初歩ですからね？　これから半年かけて、みっちり仕込みますからね？」

「うげっ……」

「さあ、続きをするとしましょう。何せ、あなたはご長男ですから。それと、余計なことを言わないようにしないといけませんね」

「いや、だってよ……」

……エリゼの顔が怖い。

兄さんってば、何か悪いことしたのかな？　あ、よくわからないけど……退散した方が良さそうだね！

「え、えっと……僕、眠くなってきちゃったな～。そろそろお昼寝の時間かなぁ～」

「おいこら⁉　さっきまで寝てただろうが！　お前も、一緒にいるんだよ！」

「いやです！　帰ります！　あぁー眠くなってきたなぁー」

「いや、めっちゃ棒読みだからな？　ド下手クソだからな？」

「シグルド様には、まずは言葉遣いから直させないといけないですね」

「げげっ」

「そ、それでは～！」

エリゼが、さらに怒りのオーラを放ったので、俺は部屋から飛び出る！

「薄情者《はくじょうもの》めェェ‼」

「が、頑張ってねー！」

兄さんの断末魔《だんまつま》？　を尻目に、階段を下りていく。

……余談ですが、その日の夕食……兄さんは、死んだ目をしてましたとさ。

6　母上と回復魔法

兄さんが慌ただしく過ごす中、俺がリビングで暇していると……。

「アレス～、どこにいるの～？」

「母上？」

仕事をしているはずの母上の声がする。俺は急いで玄関に向かう。

「母上！　お帰りなさい！」

「ただいま、アレス」

そう言って微笑んでくれる。

それだけで、俺にとっては特別だ。この世界に生まれて、ようやく母親というものに触れたから。

前世の俺は、愛情って形がないからわからないと思っていた。

でも、そんなことはない。

頭を撫でてくれる時、一緒にご飯を食べてる時、一緒にお出かけする時……。その時々で、確かな愛情を感じることができる。そのことに気づかせてくれた今世の家族には、物凄く感謝している。

「どうしたの？　ぼーっとして……どこか具合でも悪いのかしら？」

そう言って、俺のおでこに手を触れる。それがなんだか、無性に気恥ずかしい……。

「な、なんでもないよ！」

「そう？　ならいいけど……」

「そ、それより！　お仕事はどうしたの？」

「畑仕事は終わったから、次の仕事前にアレスの顔だけ見に来たの」

「嬉しいです！」

「ふふ、私もよ」

「奥様、お帰りなさいませ」

「エリゼ、ただいま。と言っても、すぐに治療院に行くけど」

「それでしたら……アレス様を治療院に連れていってあげてはいかがですか？」

「アレスを？」

「えっ!?　行きたいです！」

「そろそろ、アレス様に回復魔法の手ほどきを受けさせてもよろしいかと。それぱっかりは、奥様しか教えることはできませんので」

「えっ？　……もう平気なの？」

「はい、問題ないかと。アレス様の魔力コントロールは良いですから」

「そうなのね……まあ、あなたが言うなら間違いないわね」

「母上、エリゼ、どういうこと？」

「あとで話しますから。とりあえず、私もついていきましょう」

というわけで、急遽《きゅうきょ》お出かけみたいです。

兄さんも父上もいないので、エリゼがいつも通りに結界を張る。

「では、参りましょう」

「うんっ！」

「ふふ、こういうのも悪くないわね」


畑道を、母上とエリゼの二人と手を繋いで歩く。俺は真ん中に入って、いたくご機嫌である。

俺は、さっきエリゼが言っていた、母上しか教えることができないということの意味について尋ねる。

「それで、どういう意味なの？」

「奥様からどうぞ」

「アレス、回復魔法は扱いが難しい魔法なの」

「そうなんですね」

「普段は攻撃に使う魔法とは違って、繊細さが要求されるわ。回復しすぎてもいけないし、相手によって加減を変えないといけないの。その原理みたいなのはわかってないけど」

……ああ、なんとなくわかるかも。

過剰に回復させると、逆に身体の調子が悪くなるとか？

少し違うかもしれないけど、肩こりとか腰痛とかも、痛みがまったくないのも危ないって。少しストレスや不調を感じるくらいが、実はちょうどいいって聞いたことある。

「わかりました」

「えっ？　わ、わかったの？　適当なことは言ってはだめよ？　これは、人の身体に関わることなんだから。人によっては、水魔法使いでも扱えない人もいるくらいなのよ？」

「えっと……」

ど、どうしよう？　前世の知識なんて言えるわけがないし……でも、母上にホラ吹きと思われるのも嫌だ。

そう思っていたら、エリゼが助け舟を出してくれる。

「まあ、いいではありませんか。おそらく、感覚的にわかっているのでしょう。最初から理解が早かったですし、無詠唱が使えるくらいですから」

「……それもそうだったわね。アレス、ごめんなさい」

「い、いえ！　僕こそ、ごめんなさい。わかったつもりにならずに、きちんと勉強しますね」

「そうね、そうしましょう」

「エリゼもありがとう」

「いえ、お気になさらずに」

そうだよね……仮に前世の知識があったとしても、それでわかった気になってたらだめだよね。

それが絶対に正しいってわけでもないだろうし……。

＊＊＊

そんなことを考えつつ歩いていると……いつもと違う道に入る。

そこは民家もなく、人気《ひとけ》もないところだった。

「あれ？　こっちは来たことないです」

「それは……そうよね」

「あそこが、修道院ですね」

エリゼが指差す方を見ると、大きな建物が見える。

他は平屋の住宅だけど、あれはどう見ても三階建くらいある。

「あんな大きな建物があったんですね」

「あれは、前の領主……グレイのお父様が住んでいた屋敷なのよ」

「えっと……どういうこと？」

俺は母さんの仕事は、治療院の手伝いって聞いてた。よくわからないけど、治療院ってことは傷を治すってことだよね？

「まあ、とりあえず行ってみましょう」

「う、うん」

二人に連れられて、扉の中に入ると……そこには、広い一室が広がっていた。

境目もなく、でっかい一部屋って感じだ。

「こ、こんにちはー！」

「エリゼさんもいる！　こんにちは！」

「奥様！　こんにちは！」

小さい子供たちや、そんな子供たちを世話しているであろう修道服を着た女の子、怪我をしていると思われる大人、さらには獣人族もいたり……よくわからない場所だった。

「え、えっと……」

「皆さん、こんにちは。今日は息子のアレスを見学させに来ました。今日はひとまず、端っこにいてもらいますが、今後は来ることもあるのでよろしくお願いね」

「ア、アレス・ミストル、四歳です！　よろしくお願いします！」

「こちらこそよろしくお願いいたします！」

「おおっ！　噂《うわさ》の坊ちゃんですか！」

次々と、人々が挨拶をしてくる。

俺は父上の息子として恥ずかしくないように、その一つ一つに挨拶をしていく。

「ふぅ……全員にできたかな？」

「ふふ、上出来よ。じゃあ、回復魔法を見せるわ。ランドさん、少しいいですか？」

「へいっ！」

両足から少し血を流したおじさんが、近づいてくる。

いかにもな、厳《いか》ついおじさんって感じだけど。

「この方は、グレイと一緒に森に狩りに行ってくれてる方なの。うちには戦える人が少ないから、とっても助かってるわ」

「シ、シエラさん！　照れるので勘弁してくだせい！」

「いつも父上が、お世話になってます！」

「坊ちゃんまで勘弁してくだせい」

「ふふ、とりあえず治療しますね」

「すいません」

椅子に座ったランドさんの膝《ひざ》に、母上の手が触れる。

「清涼なる水よ、かの者の傷を癒したまえ――ヒール」

怪我した部分に青い光が当たり……血が止まり、傷が塞《ふさ》がっていく。

「おおっ……母上凄いです！」

「ありがとう、アレス」

「僕もやってみてもいいですか？」

「え、えっと……」

「俺なら平気っすよ。どうぞ、アレス様」

「……そうね、私とエリゼがいるし。アレス、やり方はわかる？　イメージは、ゆっくり綺麗に戻すイメージよ。決して、魔力を込めすぎてはいけないわ」

「はいっ！」

「じゃあ、やってみて」

俺は、もう片方の足の傷に手を当てる。

「……ヒール」

「へっ？　……おおっ⁉」

「ふぅ……できました」

「こりゃ、すげえ！　ありがとうございます！」

「いえいえ、母上に比べたらまだまだですよ」

「……回復魔法も無詠唱……」

「母上？」

「ご立派です。アレス様、とりあえず端に行きましょう」

「はーい」


その後、母上の仕事の邪魔をしないように、エリゼと端で見学していた。視線の先では、母上が子供たちの相手をしたり、包帯を巻いたりしている。

「えっと、ところで……ここはなんだろ？」

「ここは、身寄りのない者たちが寄り添い合っている場所です」

「えっ？」

「他国でいられなくなった者、自国で住めなくなった者、奴隷《どれい》として扱われていた者などがいます。それを、我が領地で匿《かくま》っているのです」

「……そうなんだ。それは、国には内緒なの？」

「……いえ、皇帝陛下は知ってます。それで、頼まれているのです。逃げてくる者がいたら、ここで匿ってくれと」

「へぇ……」

詳しくはわからないけど、やっぱり悪い皇帝様じゃないみたいだ。

「それを旦那様が父親、奥様が母親代わりとなって接しているのです……身分の低い者ばかりなので、もしかしたら、アレス様にとっては気分が悪いかもしれないですね」

「ううん、そんなことないよ。母上と父上のこと、凄い人だなって思う」

こうして見ていると、母上は一人一人の話を目線を合わせて聞いている。その姿は、俺や兄さんと接するのと変わらない。

言うほど簡単なことじゃない。

実の親ですら、子供に対して冷たい人がいるのだから。

……子供は親を選べない。

俺は……この家に生まれて良かったと思える。

＊　＊　＊

ふふ……すくすくと成長してるわね。

隣で眠るアレスを眺め、私――シエラはそんなことを思う。

今では揺りかごの中には入りきらず、普通のお布団に入っている。

「生まれた頃は、あんなに小さかったのに」

この子は、生まれて間もない頃……すでに死にそうになっていた。その人生は、本来なら穏やかなものだったのにもかかわらず。

でも、運命がそれを許さなかった。

「ほんと、よく生きていてくれたわ」

あの日のことは、今でも鮮明に覚えている。

「奥様？　……ここにいたのですね」

「エリゼ、いつもご苦労様」

「いえ、それが私の仕事ですから」

「それで、どうかしたの？」

「実は……手紙が届きました」

その言葉だけで、全てがわかってしまった。

この日が来てしまったということを。

「わかったわ。じゃあ、あっちの部屋に行きましょう」

「ええ、そうしましょう」


アレスを起こさないように部屋を出て、今は空《あ》いてる二階の部屋に入る。

「それで、なんと言ってるの？」

「まずは、お手紙をお読みください」

私はエリゼから手紙を受け取り、その中身を確認する。

その文字は懐かしく、私もよく知る人の文字だった。

まずは久しぶりという挨拶から始まり、今まで顔も出さなかったことへの謝罪、これまでの自分のしてきたこと、これからのことなどについて書かれていた。

そして最後に……半年後にアレスに会いに来るという言葉がある。

私はエリゼに言う。

「そう……いよいよなのね」

「ええ、その頃にはアレス様も五歳になりますから。早ければ、そういう場に出ていく年齢でもあります」

「あの子は、どうなるのかしら？」

「わかりません。確かに無詠唱や魔法の才能はありますが、恐ろしいほどの才能というわけでもないです。剣の腕も、最初はあると思いましたが、ただ早熟なだけという可能性が出てきましたし」

「じゃあ、このままってこと？」

私は、このままアレスと平穏な日々を過ごせたら、それだけでいい。あの子は、私にとっても……大事な息子なのだから。

「それは、あちらがお決めになることです」

「そうよね」

「言っておきますが……」

「わかってるわ。あなたの邪魔だけはしないから」

「……すみません」

「いいのよ、エリゼ」

「ありがとうございます」

「大丈夫、私も覚悟はしておくから」

「……私も、できれば……いえ、なんでもありません」

「エリゼ……」

きっと、エリゼもこのままがいいって思ってるのね。命令ではなくて、自分自身の気持ちで。

「奥様は、アレス様のもとに戻ってください。起きた時に誰もいないと寂しいでしょうから」

「ええ、わかったわ。あなたも、あまり気負わないでね」

「……はい」

エリゼは、私たち夫婦に仕えているわけではない。

エリゼが、本来仕えているのはアレスのみだ。そのついでに、私たちの面倒を見ているに過ぎない。

それでも、私たちにとってエリゼだって家族だ。

共にアレスを愛する者だし、一緒に暮らしてきた。

多分、エリゼ自身もそう思ってくれてるはず。

アレスがいる部屋に戻ると……。

「んん……」

危ない危ない、アレスが目を覚ますわ。

私は急いで駆け寄り、その手を握る。

「……母上？」

「ええ、そうよ。おはよう、アレス」

「……良かったです」

「どうかしたの？」

「変な夢を見たんです。みんながいなくなって、僕だけが一人ぼっちになって……知らない場所に連れていかれるんです。そして、父上や母上と逢《あ》えなくなって……ごめんなさい、変なこと言って、多分、兄さんと姉さんがいないから、そんな夢を見たのかもしれません」

その言葉に、私は思わず……アレスを強く抱きしめる。

「は、母上？」

「大丈夫よ、あなたは一人じゃないから。私もお父さんも、あなたの……側にいるから」

「はい、ありがとうございます」

この子は何も知らないはずなのに、ずっと不安がっている。もしかしたら、何か感づいているのかも。

……でも、私のすることは変わらない。私は、この子を息子として愛している。

たとえ……この先、何があろうとも。

第2章

幼少期

episode 2

7　初めての戦闘

さらに半年が過ぎ、俺も五歳を迎えた。

兄さんも皇都へと旅立ち、一人ぼっちだ。

寂しいけれど、この一年の間、兄さんはたくさん遊んでくれた。それこそ、自分の時間を削《けず》ってまで……よくわからないけど、俺に覚えていてほしいからって。

そんな俺が、兄さんのためにできることは一つしかない。

次男として、兄さんがいない間は、俺が頑張らないと。


というわけで、魔法の鍛錬です！

地道な努力の甲斐《かい》もあって、魔力量はだいぶ増えてきたと思う。

今日は休みなので、父上と母上も見守っている。

「アクアボール！」

俺の手から水の塊《かたまり》が出て、木の板に当たる。

「いいですね。木の板が割れる威力……これならゴブリン程度は倒せますね」

「ほんと⁉　じゃあ、俺も狩りに行ってもいい⁉」

勢いで尋ねると、母上、父上がそれぞれ言う。

「あらあら、気が早いわね」

「ふむ……いいや、悪くないか」

「えっ⁉　いいの⁉」

「あなた？」

「いや……わかっているな？　もうすぐ、やってくる時間だということを」

「……はい」

なんだ？　どうして、みんな真面目な顔をしているんだ？

「何かあったのですか？」

「いや、実は……来週あたりに客人が来ることになった。忙しくなるから、その前に一度狩りに同行させようと思う」

誰だろ？　……まあ、それはいいとして。

「狩りに行きたいです！　でも、嬉しいけど……早いよね？」

自分で言っておいてなんだが、許可が下りるとは思っていなかった。シグルド兄さんですら、八歳から始めたって話だ。それでも、戦いの才能と体格のいい兄さんだからって話だったし。普通の子供は十歳を超えてからだという。

「かなり早いが……まあ、私とエリゼがいるから問題ないだろう。エリゼ、準備を頼む」

「ええ、旦那様。アレス様は、私がお守りしますのでご心配には及びません」

「エリゼも来るの？」

「いやですか？」

その目は、少し悲しそうに見える。

「そ、そんなことないよ！　ただ、ずっと俺に付きっきりだから、大変かなって」

五歳になった今でも、エリゼは俺に付きっきりだ。決して、遠くに離れることはない。いやってことはないけど、そんなに目が離せないかな？

……まあ、自覚はありますけどね！

「いえ、問題ありませんよ。では、参りましょうか」

「うん、わかった」

「よし、決まりだな。シエラ、すまないが留守を頼む」

「ええ、あなた。アレス、お父さんとエリゼの言うことをきちんと聞くこと……いい？」

「はいっ！」

「いい返事ね。じゃあ、気をつけていってらっしゃい」

母上に頭を撫でられて、三人で家を出発する。

そして、森に向かう道中で、父上から説明を受ける。

「アレス、魔物はどっからやってくる？」

「えっと……北側にある森の奥から」

うちの領地は、国の北西に位置する。

西側には山があり、越えていけば隣国であるセルラン王国がある。

北側には森が広がっており、それが未開の地と呼ばれている。

強い魔物がいるが、そういう魔物は頭がいいから森の奥から出てこないらしい……というより、出ていく必要がないみたい。出てくるのは、ゴブリンやハウンドドッグ、イノブタといった弱い魔物くらいとのこと。

ちなみに、イノブタはでかい豚で、庶民の食生活を支える強い味方である。俺が兄さんから奢ってもらった串焼きも、そのイノブタだったらしい。

「そうだ。奴らは数は多いが魔物の中では弱いので、他の魔物の餌《えさ》になる。ゆえに、自分の餌を求めて森から出てくるというわけだ」

「そういうことだったんだ。もしかして、未開の地を開拓しないのもそれが理由ですか？」

以前、シグルド兄さんに聞いた時、はぐらかされた気がする。

「おっ、そこに気づくとは大したものだ。そうだ、あんまり刺激をすると森の奥から強い魔物が出てきてしまう。はっきり言って、私とエリゼが本気を出せば、一時《いっとき》だけ森を切り拓《ひら》くことは可能だ。

しかし、体力は無限ではないし、我々が怪我でもしたらお終《しま》いだ。それで、領民に被害が出ては本末転倒でもある」

ふんふん……そういうことかぁ。

だから、無理に切り拓かないってことか。

「じゃあ、うちはこのままってこと？」

「いや、そういうわけにもいかん。だから人を呼び込んだり、少しずつ領地を開拓している。そして、ようやく人も増えてきた。同時に、食材も足りなくなってしまったがな」

なるほど……今が、その過渡期《かとき》のタイミングってわけか。

「何か、打開策はあるのですか？」

「それが難しいところだ。シグルドやヒルダが成長して帰ってくるのを待つのが得策ではあるが……シグルドには領主としての仕事もあるし、ヒルダには結婚だってしてほしい」

「ふんふん、そうなんですね」

じゃあ、俺が開拓を手伝ったら兄さんと姉さんは楽になる？　父上も助かるし、領民の人たちだって。

そっか、そっか……これは、そろそろ力を隠しておく必要もないかな？

実はもう、魔法をかなり撃てるようになっている。

化け物とか言われて驚かれたり、不信感を抱かれるのは嫌だから、わざと疲れたふりをしてるだけなんだけど。

ただ……本物の魔物を目の前にして、きちんと撃てるかな？

＊＊＊

そのまま歩き続け、森の近くに来ると……。

そこには山小屋が、いくつか建っている。

その奥には、高さ三メートルくらいのバリケードようなものがある。

……といっても、ボロボロって感じだけど。

「あのバリケードが、魔物の侵入を防いでいるのですか？」

「いや、この辺りに魔物はそうそう出てくることはない。あれは置いているだけだ。だが、気休めにはなる。それに最悪の場合、魔物があれを壊す間に、人を呼ぶことができる」

「なるほど……守りのためのバリケードではなくて、時間稼ぎのためのバリケードってことですか？」

「正解だ。うちには戦える者が少ない……もう、理由はわかるな？」

「えっと……逃げてくる者が多いってことは、元々弱ってる人が多いってことだよね？」

「そういうことだ。そういった者たちを戦わせるわけにはいかない」

「そうだよね。それが嫌で逃げてきた人もいるだろうし」

そもそも戦えない人が逃げてくるわけだし。あと、手足とかない人もいる……回復魔法でも、失った手足は治らないらしい。

怪我をした直後なら、どうにかなるみたいだけど……ん？　もしかして……俺ならできる？

「アレス？　考え込んでどうした？　怖くなったか？」

「いえ、そんなことはないですよ。少し試したいなって思って」

「ふむ……よくわからんが、ほどほどにな。話の続きだが……ここの山小屋には人が常駐していて、異変が起きると私の館《やかた》まで連絡が行く形になっている。あとは、戦闘面の村のまとめ役でもあるランドにな。お前も、何回か会ってるみたいだな？」

「ランド……あ、うん！　治療院でね。怖いけど、とってもいい人だね」

「ははっ！　そうだろ？　見た目はあれだけど、あいつはいい奴だ……本当に、俺は感謝してもしきれない」

「父上？」

その目は、どこか遠くを見て寂しそうにも見える。

「いや、すまん。感傷に浸《ひた》ってる場合ではないな。さて……行くとするか」

すると、それまで後ろに控《ひか》えていたエリゼが前に出る。

「どうしますか？　私が後ろでアレス様をお守りしますか？」

「ああ、それで頼む。お前なら心配ない。ひとまず、俺が前衛を務めよう」

「畏まりました。アレス様、必ずお守りするのでご安心を」

「う、うん……」

ワクワクもあるけど、少し怖くなってきた。

何せ、前世も込みで魔物に遭ったことなんかないし。


そして、父上を先頭にバリケードの奥へと進んでいく。

森の中は綺麗に草木が除去してあって、見通しがいい。

「ここら辺は開拓ができている部分だ。この奥に小屋がある。そこまで行けば、場合によっては魔物たちがいるだろう」

「ゴブリンは無限に湧《わ》きますからね。上位種が生まれる前に駆除しましょう」

「ゴブリンは習ったけど……上位種？」

ゴブリンは、身長一メートルくらいの小鬼《こおに》だ。

戦闘能力は大して強くなく、場合によっては子供でも勝てるくらいだと。

ただ、とにかく繁殖能力が高く、見つけ次第倒さなくてはいけないらしい。

「上位種っていうのは、ゴブリンやオーガの中に現れるモノです。共食いや、自分より強き者を食らうことで生まれたりします」

「ふんふん」

「しかし不思議なことに、その特性を持つのはゴブリンやオーガなどの鬼と呼ばれる種族だけなのです」

「へぇ、そうなんだ。どうしてだろう？」

「その二種類は、とにかく人類から嫌われています。理由は、わかりますね？」

「えっと……食べられる魔物を食べちゃうし、餌として人を食べちゃうからだよね？」

それは、授業で耳にタコができるほど言われた。危険だし、すぐに逃げるか退治しろと。

「それに……アレス様には早いですが、女性にとっては天敵です」

……まあ、わかるけど。ようは繁殖用の苗床《なえどこ》にされちゃうってことだよね。

「なので、見つけ次第問答無用で駆除されます。もしかしたら、生き残るために進化したのかもしれないですね」

「なるほど……」

そんな会話をしていると、小さい小屋が見える。

「どうやら、無事なようだな。まあ、わかっていることだが」

「まあ、風の結界がありますから。さすがに、あの小屋が壊されると困るので」

「どういうこと？」

「あの小屋の中には、私の風の結界を込めた魔石を置いてあります。それが壊されると、強い衝撃を生みます。すると、木の上にある鈴に振動が伝わってくる仕組みですね」

上を見上げると、木と木の間に紐《ひも》があるのが見える。

なるほど……あれが、さっきの入り口まで繋がってるってことか。

「ふんふん……そしたら、見張りをしている人が知らせに行くってこと？」

「ああ、そうだ。こういう小屋を、森のいくつかの場所に置いてある。それが鳴ったら、その場に向かうってことだ」

あっちのバリケードは、あくまでもおまけで、こっちが本命ってことか。

そうすれば、時間も稼げるし安心だね。

「さて……説明はこれくらいにするか」

「ええ、来ましたね」

「えっ？　ど、どういうこと？」

「アレス、魔物が来る。いいか、エリゼの側《そば》を離れるなよ？」

「ご安心を。私が命にかけてもお守りいたします」

次の瞬間——茂《しげ》みの奥から、何かが現れる！

「ギャキャ！」

「ゲギャ！」

緑色の身体に、醜悪《しゅうあく》な顔、手には棍棒を持っている。

……あれが、ゴブリンってやつか。

……どうしよう、普通に怖いんだけど。二人がいなかったら、後ろを向いて逃げだしたいくらいだ。

「ゴブリンが二体か。まずは、私が行こう」

「では、私たちはここで」

「う、うん」

父上が剣を抜いて、ゴブリンに迫っていく！

「ギャ！」

「ふんっ！」

「ギャア!?」

相手に攻撃の暇を与えず、棍棒ごと一刀両断する！

「ギャ!!」

「おっと」

振るわれた棍棒を、後ろに下がることで躱《かわ》す。ゴブリンは空振りしたことで姿勢を崩している。

「セア！」

そこを父上が、上段の構えから剣を振り下ろす！

「グギャァァ!?」

「おおっ……！　父上カッコいいです！」

実は、戦う場面を見るのは初めてだったりする。

父上の訓練姿だって、なかなか見る機会がないし。

「ふふ、そうか」

「旦那様、わざわざかっこつけないでください。ゴブリンごとき、あんな立ち回りしなくても倒せますでしょうに」

「へっ？」

「い、いいではないか！　わ、私だって、息子の前でかっこつけたいのだ」

「はいはい、そうですね。いいですか、アレス様。あれの真似をしてはいけませんからね？　戦いの基本とは、いかに相手を近づけさせないで倒すことですから」

「はは……父上は、そんなことしなくてもカッコいいですからね！」

「う、うむ……」

頭を掻いて、どうやら照れてるみたいです。

「……なんだか、ムカつきますね」

「へっ？　エリゼ？」

「アレス様、次は私がお見せしましょう」

そう言い、メイド服のスカートをまくし上げ——ナイフらしきものを投げる！

「シッ！」

「グキャ⁉」

「ギャァ⁉」

すると、茂みの奥から……ゴブリンの断末魔が聞こえた。

おそらく、死んでいるだろう。

「ふっ、こんなものですね」

「す、凄いや！」

「ふふ、ありがとうございます」

「ぐぬぬっ！」

まだ、姿も見えてないのに……。

というか、スカートの中に暗器《あんき》とか……ほんと、何者なんだろう？

その後、二人が警戒を解く。なので、俺も身体から力を抜く。

……怖かった……あれが魔物ってやつなのか。

「ふぅ、怖かったです……あっ——こ、怖くないですから！」

「何を言う、怖くていいんだ」

「そうですよ、アレス様。初めから怖くない者などいません。もしいても、そういう者は早死にしますから」

「そうなの？」

「ああ、そうだ。怖さを知らない者は、どこかで間違うと思っている。もちろん、怖さを知らずに大成する者もいる。しかし、お前の親として……アレスには、怖さを知っている者になってほしい。そして、強さと優しさを兼ね備えた男になってほしい思っている……まあ、親のエゴだから、あんまり気にしなくてもいいがな」

「よくわからないけど……わかりました！」

「ああ、今はそれでいい」

「ふふ、そうですね。さて、ひとまず終わりましたね」

「ああ、気配がないな」

「どうして二人はわかるんですか？」

「まあ、まずは小屋の中に入りましょう」

エリゼに言われたので、小さい小屋に入った。


それぞれ椅子に座る。真ん中に囲炉裏《いろり》があり、あとは椅子とテーブルだけがある。

どうやら、休憩所って感じだ。

「それで、どうして魔物が来るってわかったんですか？　僕には、全然わからなかったです」

「答えになってないかもしれないが、私は戦いの経験からだな」

「私は風の結界を張ってるので」

「うん？　……二人の答えが違う」

「私は風の結界……説明が難しいですね。前に家に結界を張ったのを見ましたよね？」

「うん、見たよ」

「その結界を、私は自分の身体を中心に、半径五十メートルくらいで張っています。それに触れたものを識別できます。これが、風属性が汎用性が高いと言われる所以《ゆえん》ですね」

なるほど……それは重宝《ちょうほう》されるよね。隠密《おんみつ》とか、斥候《せっこう》とか……そして暗殺者や冒険者、もしくは護衛とかでもかなり使える属性だ。

「そういう人が一人パーティーにいると安心だね」

「ええ、そういうことです」

「じゃあ、父上は？　戦いの経験って言ってましたけど……」

「まあ……実は、お父さんは冒険者をやっていたんだ」

「へぇ！　そうなんですね！　いつぐらいですか!?」

「そうだな……まだ家を継ぐ前の話だな」

「へぇ！　どのくらいの時ですか!?」

俺は興奮を抑えきれずに、父上に質問をする。

実は、今まではこういう話をすると、話を逸《そ》らされてきた。

……どうして、急に話をする気になったんだろ？

「成人した十五歳で家を出て、大体二十五歳までだな。皇都を中心とした活動をしていたな。私を含めた五人の仲間と共に、色々な冒険に出たものだ。時にダンジョンに入ったり、護衛の依頼を受けたり……」

「ダンジョンですか！　僕も行ってみたいです！」

ダンジョン！　冒険者！　いつか行ってみたい！

「いやいや、ダンジョンは危険だ。さて……実は、五人の仲間のうちの一人が、妻であるシエラなんだ」

「母上も冒険者だったのですか？」

「ああ、そうだ。平民の女性だったが、水魔法を使う冒険者だったんだぞ。なかなか気も強くてな、父さんは……まあ、大変だったわけだ」

「へぇ……それで、どうやって付き合ったんですか⁉」

「おいおい、お前にはまだ早いって……ん？」

急に真剣な表情になった父上に続いて、エリゼも言う。

「来ましたね」

「へっ？」

「どうやら、魔物が出たようだ」

「そ、そうですか」

「どうする？　アレスがやるか？　別にここでやめにしても、それは恥ではないからな」

「でも、この感じだとゴブリンなので、アレス様でも平気ですね」

「や、やってみる！」

「ほう？　よし、わかった」

「では、私がフォローします」

……よし、俺も戦わないと。

そうしないと、冒険者なんかになれるわけがない。

8　氷魔法

外に出てみると……。

「ギャキャ！」

「ゲゲッ！」

二体のゴブリンが、茂みの奥から出てくる。

「アレス——いけるか？」

「は、はいっ！」

「大丈夫です、いつも通りに。アレス様は無詠唱ができるのですから」

そうだ……焦ることはない。今は二人がいるから、俺は魔法を撃つことだけに集中……！

「ギャキャ！」

「――アクアボール！」

俺の放ったバスケットボールサイズの水の塊が、ゴブリンに当たる！

「グギャ!?　……ガ……」

……よ、よし、動かなくなった。思ったより平気？　魔法だから？

「アレス！　安心するな！　今のは当たりどころが良かっただけだっ！　さあ、次が来るぞ！」

「は、はいっ！」

「グギャ！」

「アクアボール！」

俺の放った水の玉は……ゴブリンのお腹に当たる！

「グキャ!?」

「アレス！　狙いが甘いぞ！　まだ敵は動ける！」

「ご、ごめんなさい！」

「私が仕留めますか？」

「ううん！　僕がやる！」

だめだ、ここで情けないところを見せちゃ。

そしたら、まだ危ないから連れてこれないって言われちゃう。

でも、水魔法の威力は弱い。狙いがズレるだけで、敵を一撃で仕留められない。まだ俺の魔力では、レーザーを撃つような圧縮された魔法は撃てない。

なら、どうしたらいい？

……撃つしかない、高威力の魔法を。

そうだ、冷たい水をイメージ、もっと冷たく……零度《れい》を下回れ。分子と分子がくっつくイメージ……それを生成する！

「我の手より生まれしは氷の玉――アイスボール！」

俺の手から、バスケットボールサイズの氷の塊が発射され……。

「グガッ……ガ、ガ……」

それは、ゴブリンの腹に大きな穴を開けた。

よし、できた。

俺が密《ひそ》かに鍛錬をしていた氷魔法。

エリゼにばれちゃいけないし、こっそりやらないといけなかった。だから、だれも一階にいない時に水を氷に変える練習をしたり……瞑想《めいそう》してる時にイメージを積み重ねてきた。

もちろん、きちんと撃つのは初めてだったけど……成功して良かった。

……ただ、言い訳を考えないとね。

何せ、二人とも黙ってしまったし。生き物を殺した気持ち悪い感覚よりも、そっちの方が気になる。

「え、えっと……」

「アレス、今のはなんだ？」

俺が恐る恐る二人を見ると、なぜか父上は怖い顔をして、エリゼは困った顔をしていた。

あれ？　思ってたのと違う……驚かれると思ってた。もしかして、こういうのもまずかった？　化け物扱いされる？

……どうしよう、言い訳が吹っ飛んでしまった。なんか、適当にやったらできちゃいました！　とか言うつもりだったのに。

「えっと、父上？」

「今のはなんだと聞いている」

「こ、氷魔法です……えっと、本で見た雪を参考に……そこには氷ってものが書いてあって……水が凍《こお》ったものだって……」

「そんなことは知っている。だが、氷魔法を成した者など聞いたことがない。いや、世界のどこかにはいるかもしれない。しかし、少なくとも……この大陸では聞いたことはない」

「そ、そうなんですね……父上、何かまずかったかな？　これは使わない方がいい？」

俺は褒められたいと思っていたので、父上がだめって言うなら使うつもりはない。どうやら……失敗しちゃった。

「……いや、そういうわけでは……つまり、水属性は氷属性を使うことができることなのか？　いや、それを試してきた者はいたが……誰も成し得ていない。なぜ、アレスだけが使える？」

それは多分、俺には前世の知識があるから。

氷というものを生まれた頃から知ってるし、触れてきている。雪も知っているし、高校生程度の科学的知識がある。魔法や魔石が発展したこの世界では、科学の発展はしなかったのかも。

「旦那様」

「エリゼ……」

「とりあえず、死体を処理しましょう」

「う、うむ……アレス、ひとまずこの件についてはお預けだ。それが使えることは、他の誰にも言わないこと……わかったな？」

「う、うん」

「では、ささっとやってしまいしょう」

「私が拾ってくるので、エリゼはアレスを見ておいてくれ」

「ええ、わかりました」

そして、エリゼと二人きりになる。

……何か話さないと気まずい。

「えっと、処理ってどうするの？」

「ゴブリンは食べられませんので、燃やすのが一般的です。そういう意味合いでも、火属性は使い勝手が良かったりします。ただ、他の木に燃え移らないように注意が必要ですね」

「そうなんだ。確かに加減が難しそうだね」

「だから優秀な火属性魔法の使い手は貴重ですね、特に他に被害が出ないようにコントロールを極めた火属性使いは。また何より、魔物の大群を一網打尽にできる属性でもあります。色々な意味でも、ヒルダ様には期待ですね」

火属性魔法は威力も高いし、火をつけたり、色々と便利だね。風属性も、エリゼを見る限り便利そうだ。

「土属性ってどうなのかな？」

「工事や鍛冶《かじ》を行ったりはもちろんのこと、戦闘面でも重宝されますね。岩や土の塊を放ち敵を粉砕し、時に石の壁や土の壁を作って敵の攻撃を防ぐ。まさに攻防一体の属性かと。冒険者のパーティーにいると助かります。腕の良い者は武器も直せますし、即興《そっきょう》で建物を建てられますから」

確かにそうだ。ダンジョンとか冒険中の時には、物凄く頼りになりそう。

「そう言われると便利だね」

「水魔法も、決して軽んじられているわけではないのです。水は生命線ですし、回復魔法は命綱です。ただ、威力がないという一点と、魔力を温存しないといけないので」

まあ、そうだよね。いざ誰かが怪我をした時に、魔力切れですなんて……笑えもしない。

「うん、なんとなくわかる気がする」

「ですが……アレス様のアレがあれば……いえ、帰ってからにしましょう。どうやら、戻ってきたようです」

すると、茂みの奥から父上がゴブリンを担いでやってくる。

「よしっと、ここなら平気だろう」

「アレス様、葉っぱを集めましょう」

「うん、わかった」

俺とエリゼがすぐに葉っぱを集めると、父上が鞄《かばん》から赤の小さな魔石を取り出す。そして、それを俺に差し出す。

「アレス、お前がやってみるといい」

「えっ？」

「魔石を使ったことないだろう？」

「う、うん、どうすればいいの？」

「何も難しいことはない。ただ触って、魔力を込めればいいだけだ。これは属性に関係なく、微量でも魔力さえ持っていれば使える」

「や、やってみます」

俺は父上から魔石を受け取り、それに魔力を込めると……火が出て、草に燃え移る。そして、その上でゴブリンたちが燃えていく。

「おおっ、便利ですね――あれ？　全然臭《くさ》くないね？」

「臭《にお》いが他に行かないように、風の結界を張っているので」

「ああ。魔石があるおかげで、私たちは暮らすことができる。だから、砂漠の国にある鉱山は貴重だ。そのためには平和な交流と、交換する素材がいる」

「素材ですか？」

「イノブタとかだな。あとは果物や野菜を交換したりもするな」

「砂漠の国は、そういったものがないんですか？」

「ああ、そうだ。だから、あちらからは魔石を、こっちから食材をってことだ。そうやって助け合って……いけたらいいんだが」

「父上？」

「まあ、今はいい」

「……わかりました」

まあ、色々と問題あるんだろうなぁ。なんとなく予想がつくけど。

「さて……それで、どうしますか？」

「ある意味で、ここで話した方が安全か？　実験もできそうだ」

「そうですね。私が風の結界を張ればいいですし」

「アレス……話を聞かせてもらおうか？」

「そうですね。何で黙っていたのか――教えていただきましょう」

……どうしよう？　どうやら、お説教の時間のようです。


……と言っても、特に言えることはない。前世の話とかしても、信じてもらえないし。いや、もらえたとしても……変に思われたら嫌だし。どうにかして切り抜けないと。

もう一度小屋に入り、二人の前に座る。

「それで、改めて……どうやって覚えた？」

「えっと……さっきも言いましたが、水が冷たくなったのが氷なので……それをイメージしました」

「しかし、お前は雪を知らないはず。それがイメージできるのか？　しかも、五歳であるお前が……」

そこなんだよなぁ……この大陸の人は、凍りつくような寒さってものを知らない。

でも前世の俺は、寒さをよく知っている。なんせ雪国で育ったので、未だにあの感覚を覚えている。早朝の時間に雪掻きしたこと、凍《こご》える手をすり合わせ温めていたこと、寒空の下で仕事の行き帰りをしたことなどを。

その時の記憶は残っているし科学的知識もあるので、できたのだと思う。魔法は、イメージできるかどうかが重要だって話だし。

エリゼが沈黙を破るように口を開く。

「まあ、魔法のイメージに関しては問題ないかもしれないですね」

「……ふむ、確かにそうか。アレも、イメージできていればできる技か」

「問題は、なぜ隠していたかです。アレス様、何か弁明はありますか？」

……あれ？　隠してたことがいけないだけであって、別に使えることが問題なわけじゃないのか？

「えっと、父上たちを驚かそうと思って……氷魔法が使えたら、領地の経営とか色々と役に立てるかなって……そしたら、みんなが喜ぶかなって」

もちろん、褒められたい、びっくりさせたい気持ちに嘘はない。

でも、何より……俺は家族の役に立ちたかった。みんなは、俺に愛情というものを教えてくれた。だから、この方々の役に立ってお礼がしたかった。それが間違いだったのかな？

「そうですか」

「……そうか」

「……困らせてごめんなさい」

「い、いや！　アレス……お父さんは怒っているわけではない」

「そうですよ、アレス様。私も旦那様も、心配してるだけですから。その魔法を使って、身体は平気ですか？」

「そうだぞ。初めて使ったと言っていただろう？　魔力枯渇はしていないか？」

「うん、それは平気」

「なら一安心だな。ただ、何かあってからでは遅い。もし何か思いついたなら、お父さん……私に言いづらいなら、エリゼに言うといい。エリゼ、アレスを任せたぞ」

「はい、旦那様」

「アレスもわかったな？」

「はいっ！」

「よし、いい子だ。おっと……忘れるところだった」

父上が席を立ち、俺の頭に手を置く。そして、その大きな手で、俺の頭を力強く撫でる。

「わわっ⁉」

「良くやった。よく一人で、魔物を倒すことができたな。これで、お前も一人前だ。本当なら、十歳からだが……今後は狩りをすることを許可する」

「ほんと⁉　いいの⁉」

「ああ、もちろんだ。ただし、今後は隠さないこと。そして、もっと強くなることだ。お前は、魔力も少ないだろうし」

「えっと……遠慮はしなくてもいいのかな？」

「うん？　遠慮？　……どういう意味だ？」

隠し事はするなって言うし……転生はともかく、魔力については言わないと。

「えっと……実は、魔力はもっとあって……」

「何？」

「へぇ、それはそれは……どれくらいですか？」

「多分、アクアボールくらいなら数十発はいけるかも」

年齢的には、普通は五発くらいらしい。なのでいつも、七、八回で終わりにしていた。

「なんと……」

「そうですか。ですが、隠す理由がわかりません」

「変なのかなって思って……」

せっかくできた家族に嫌われたくないから。

「まあ、そう思うのも無理はないか」

「我々が先に常識を教えるべきではなかったですね」

「そうだな。下手すると、アレスの可能性を消すところだった。よし、今後は好きにやるといい。お前はお前だ、アレス。どんなに普通の人と違っていても、私の大切な息子だ」

「私も大切に思ってますよ、アレス様。むしろ、遠慮なんかしたら許しませんから」

「二人とも……うん！　わかった！　じゃあ、遠慮なくやるねっ！」

よし、これで力を隠す必要もない！　明日から、早速行動開始だっ！

＊　＊　＊

その日の夜、アレスが寝たのを確認し、私——グレイの部屋に、シエラ、エリゼに集まってもらった。

そうしてシエラに今日の出来事を伝える……可哀想なことだが。

「そ、そんな……氷魔法が使える？　誰もが使おうとして、使えなかった魔法が？」

「ああ、そうだ。世界にはいるかもしれないが、少なくともこの大陸にはいない」

「それじゃあ、あの子はどうなるの？　普通の生活は送れないの？」

私とシエラの視線が、エリゼに向かう。

それを決めるのは、エリゼの上司でもある。

「どうでしょうか……何せ、前例がないので。ただし、魔力の量も隠していたみたいですし……もしかするかもしれないですね」

「そうか。できれば、平穏な生活を送らせてあげたかったが」

こうなっては、最悪の場合……私たちのもとにはいられなくなる。それくらい、氷魔法が使えるというのは貴重なことだ。

また、約束を守ることができないか。

「そうよね……せっかく、助かった命ですもの」

「それで、どうするのですか？　一応、二人の意見も聞いておきます」

エリゼに問われ、私はシエラと視線を合わせる。そして、言葉にせずともお互いの意思を確認する。

「私は、奴の……あの方の判断に従うつもりだ。無論、もし理不尽な扱いをするなら……覚悟はしてある。あの子は、私の息子だ」

「私もよ、エリゼ。あの子は、私の息子だもの」

「わかりました。では、私も微力ながらお手伝いをさせていただきますね」

「エリゼ……いいのか？」

今の言い方だと、エリゼは我々に協力するということだ。それは、雇い主の意向に反するはず。

「ええ、アレス様は……私にとっても可愛いですから。もちろん、できる範囲での話ですが。ひとまず、氷魔法のことは黙っていましょう」

「ああ、わかってる。それだけで十分だ」

「エリゼ、ありがとう」

「い、いえ……」

珍しく、エリゼが動揺している。どうやら、過ごしていく中でアレスに情が湧いたらしい……私たちと同じように。

「ふふ、エリゼったら」

「まったくだ。しかし、嬉しく思う」

「コホン！　……ですが、一つだけ最優先の課題があります」

「ああ、わかっている。こうなった以上、どっちに転んだとしても、アレスに強くなってもらう必要がある」

「それはそうね。何があってもいいように」

「そして、精神もだ。どんなに強く偉くなろうとも、優しく器の大きい男に育てる」

「じゃあ、やることは変わらないわね。これまで通り、アレスに愛情を注いでいきましょう」

「決まりですね。では、その日に備えて作戦会議をしましょう」

その後、そのまま話し合いに入る。

それにしても……運命とは皮肉なものだな。

9　魔法の鍛錬

あれから三日が過ぎ……俺——アレスの生活は変わった。

まずは、朝の稽古から違う。

庭に出て、いつものように魔法の鍛錬をする。横では、わざわざ仕事を休んだ母上が真剣に見つめてる……。

「今日は奥様にも見ていただきます」

「母上！　見ててください！」

「ふふ、見てるから大丈夫よ」

「では、アレス様。氷魔法をお願いします」

「うん、わかった——アイスボール！」

俺の手から、氷の玉が発射される。それは木の板に当たり……木の板が砕け散る！

「……凄いわ」

「やはり、威力がありますね」

あれ？　母上の反応が変だな？

もっと喜ぶかと思ったけど……驚きすぎたかな？

「母上、どうかな？　母上でもできる？」

「いえ、私には無理だわ。話には聞いたけど、なかなか難しいわ」

「そうですか……」

じゃあ、水魔法の地位向上には繋がらないか。かといって、分子とかの説明をしたところで……色々と問題はあるし。

「でも、凄いと思うわ。アレス、私とは関係なくそれを極めなさい」

その目は、とても真剣だった。

なので、俺は姿勢を正し……。

「は、はいっ！」

「いい子ね。じゃあ、引き続き鍛錬を続けて。エリゼ、邪魔してごめんなさいね」

「いえ、奥様。さて、アレス様。見た限り……かなりの魔力を使ってますね」

「そうなの？」

「私は一応、魔力の流れというか、そういうものがわかるのです。出てきた魔法が、どの程度の魔力を込められているとか。さすがに、人体の持つ魔力までは見えませんが」

「なるほど……」

だから、俺自身の魔力総量が多いことはバレなかったのか。でも、出てきた魔法の魔力量はわかってしまったと。

「自分的には減ってる感じはしますか？」

「ううん、全然」

「そうですか……では、アクアボールを撃ち続けてください」

「うん、わかった……エリゼ？」

なぜかエリゼが俺の前に立っている。

「的がもったいないですから。私自身に撃ってきてください。無論、遠慮なく」

「で、でも……危ないよ？」

「ほう？　アレス様の魔法で、私に傷がつけられるとでも？」

「むっ……怪我しても知らないからね！」

無詠唱で、エリゼに向けてアクアボールを連射する！

すると――。

「我が手に宿れ風の刃《やいば》――スラッシュ」

「えっ!?」

俺の放った水魔法は、エリゼの手刀によって全て切り裂かれた！

「ふふ、どうしました？　もっと撃ってきていいですよ？」

「ぐぬぬっ……その前に、それは何？」

「これですか？　これは風魔法の一種ですね。自分の手に風の刃をまとう技です。極めれば岩や木を切ることも可能です。何より、武器を必要としませんから」

「へぇー、ほんとに便利だね」

「それより、次を。それとも、もう降参ですか？」

「まだまだ平気だし——えいっ！」

悔しくなった俺は、ひたすらにアクアボールを撃ち続けるが……。

「甘いですね。もっと、魔力精度を高めてください」

「魔力精度を高める？」

「魔力を分散させずに、もっと固めるイメージです。最近慣れてきたのか、少し疎《おろそ》かになってませんか？　たとえ下級魔法であろうと、精度が上がれば威力は上がります」

「そっか、イメージが大切だもんね」

「どうやら、アレス様は魔力の量が多い様子。だから、連発できるので問題はないかと。しかし普通の魔法使いの魔力はそこまで高くないので、本来は精度を高めることで威力を上げます。魔力消費節約と、確実に仕留める一発に込めるために」

「ふんふん」

そういえば、魔法を撃っていただけな気がする。いくら撃っても、魔力はそこまで減らないし。

「では、それを踏まえてもう一度。まずは基礎の魔法を鍛えない限り、いくら強い魔法を覚えても無駄です」

「はいっ！」

そうだ、いくら魔力があっても一撃が弱いんじゃ意味がない。それに何事も、基礎を固めてからだ。

集中……もっと水を固めるイメージで。

「――アクアボール！」

エリゼに向けて、水の玉を撃ち出す！

「どうですかね――シッ！」

「あらら、だめかぁ」

同じように割られてしまう。

「いえ……先ほどより重かったですね。この感覚を忘れないように」

「ほんと？」

「ええ、もう一度やれますか？」

「うんっ！　全然余裕だよ！」

「そうですか……これはどう転ぶか」

エリゼがふと口にした一言に、俺も母上も反応する。

「へっ？」

「……エリゼ、いいのよ。アレス、見てるから頑張りなさい」

「う、うん」

その後、また魔法を撃ち続ける。

それは物凄く楽しい時間だった。もう、遠慮をしなくていいってわかったから。

でも、その意味を──この時の俺は知る由《よし》もなかった。

＊＊＊

……そうか、その時が来たか。

エリゼからの手紙を読み、ため息をつく。ずっと待ってはいたが、届いてほしくはなかった。

「ふぅ……五年も経ったか」

あの日から五年……あの子のことを忘れたことはない。ただ、会うのが嫌だっただけだ。

「俺には、会う資格がない……名乗る資格もない」

しかし、こうなった以上、会わないわけにはいくまい。

ただの凡人であれば、そのまま暮らすことも考えていた。こちらの都合に巻き込まないように。

「しかし、魔法が使えるとわかった。それに賢いし、剣も使えると」

たとえ水魔法であろうと、魔法使いは貴重だ。何より回復魔法を使えるというのは重要だ。

「さて……どうするか」

そう独り言を呟いたところで、扉が開く。俺の部屋の扉をノックもせずに開けることができるのは、一人しかいない。

「お父様！」

「アイラ、ノックしろと言っただろう？」

「めんどくさいわ！」

「はぁ……俺の部屋はいい。しかし、他の部屋に入る時はやりなさい」

「うんっ！」

わかってるいるんだか、わかっていないんだか。少し甘やかしすぎたか？　しかし、子育てなどしたことないし。何より、面倒くらいは見てやらんとな……せめてもの罪滅ぼしに。

「それより、今度出かけることになった」

「えっ⁉　わたしも行く！」

「いや、お前はここに」

「やだっ！　お父様と行くもん！」

「しかし……ふむ」

この子には生まれゆえに、友達がいない。

それに、あの子にもいないと聞く。

連れていくのもアリか？　……いや、考えるのはやめるか。そもそも、俺が蒔《ま》いた種だ。最悪何かあっても……俺が責任を取る。

「ねえ！　お父様！　わたし、ここばっかりでつまらないわ！」

「わかった。では、きちんとお稽古と勉強をしたら連れていこう」

「むぅ……わかった。じゃあ、早速行ってくる！」

「こら、女の子が走るんじゃ……もういないか」

本当に、元気に育って……育ちすぎたかもしれない。

さて……あの子も、元気に育っているだろうか？

＊　＊　＊

次の日、俺——アレスはとあることを決意する。

まずは、両親が出かけたあと、エリゼと一緒に魔法の稽古をする。

「いいですね、精度が上がってきましたね」

「ほんと？　なら良かった」

「それでは、このあとはどうしますか？」

「あ、あのさ、やりたいことがあるんだけど……」

「なんでしょうか？」

「森に狩りに行きたいなって……父上抜きで」

「このタイミングで言うということは、旦那様と奥様には内緒ですか？」

「う、うん、だめかな？　二人は過保護だから……もちろん、狩りの許可は出たから怒られないとは思うけど」

「ええ、お二人も怒りはしませんよ。まずは目的をお願いします」

「できたら、黙って食材を手に入れたいかな。そして何より――早く強くなりたい。多分なんだけど……エリゼは俺を守ってるんだよね？」

「……それはもちろん。私は、この家に仕えているメイドですから」

「いや、なんというか……そうなんだけど……」

ずっと違和感を覚えてた。エリゼの俺に対する態度は、父上、母上、兄さんや姉さんに接するものとは、少し違うということを。

だから、それが別にどうってわけではない。単純に、俺が末っ子だからって理由かもしれないし。

ここで大事なのは、俺の頼みを聞いてくれるかどうかってことだ。

「エリゼ、僕は強くなりたい。父上と母上は、僕を大事にしてくれてる。でも、僕はみんなの役に立ちたい。だから、早く一人前になりたいんだ」

「……そうですか」

「だから、僕を強くしてください」

「……わかりました」

「僕は五歳になったばかりだし、無理なこと言ってるのはわかってる……へっ？　い、いいの？」

「ええ、いいですよ。では、森へと参りましょう」

「う、うん」

自分で言ったものの少し驚いた。まさか、あっさりと許可下りるとはね。


その後お昼ご飯を食べて、準備をして玄関から出る。

「さて、行きましょうか」

「こ、こんなに堂々と出ていって大丈夫なの？」

「平気ですよ。先ほどの件ですが……旦那様も奥様も、アレス様がやりたいことを否定しません。もちろん、心配はしますが」

「う、うん、わかってるよ」

「なので、お約束をしてください。こっそりなどと言わずに、あとで自分でお二人に伝えると。秘密にされる方が、寂しいですし心配ですから」

「反対されないかな？」

「きっとしませんよ。先ほども言いましたが、心配はしますが。もし仮に反対されたら、私が説得しますから」

「ほんと⁉　エリゼ、ありがとう！」

「いいえ、それが私の務めですから」

「それじゃ、レッツゴー！」

「ふふ、そうですね」

気分が晴れた俺は、エリゼと共に堂々と森へと向かっていくのだった。

＊＊＊

畑を通り、道を歩いていく。

「そういえば、普段の父上は兵士の訓練とかしてるんだよね？」

「そうですね。書類仕事はもちろん、畑仕事もしますが。うちには兵士という者がほとんどいないので」

「そういうのって国から出ないのかな？　うちって嫌われてるの？　それとも、男爵だから？」

「いえ、そういうわけではありませんよ。前も言いましたが、匿ってる人が多いので。できれば、皇都の人はいない方がいいのです」

「あっ、そういうことか」

なるほど、色々匿っているのは国にも内緒ってことなのかな。

「その代わりに戦えそうな人には、訓練を受けてもらっていますね。まだ数は少ないですが、あと数年もすれば形になるかと。今すぐ実戦をしてもいいですが、死んでは元も子もないですからね」

ちょっと冷たい物言いだけど、エリゼにはこういうところがある。

いずれにしても――。

「ふんふん……僕が回復魔法をマスターすれば早くなるかな？」

「そうですね。怪我人をすぐにでも癒せる方がいれば……安全性は増しますから」

「じゃあ、それも早いところ覚えないとね」

よしよし、見えてきたぞ。水魔法、そして派生である回復魔法、そして氷魔法。

あとは敵に近づかれてもいいように、剣の稽古か……刀とかないのかな？　剣道をやっていたから、そっちの方が馴染みがあるんだけど。

森に着いたら、山小屋の人に挨拶をして、森の中に入る。

エリゼがいるからか、あっさりと通された。

「アレス様、一つだけお約束を。私がだめと言ったらだめですよ。それが守れないなら、連れてきません」

「はいっ！　わかりました！」

「いい返事です。では、奥へと進みましょう」

バリケードを越えて、以前来た小屋へとやってくる。

「さあ、私は見てますから。あとは、アレス様の好きにしてください」

「わかった」

「魔物が来たら合図を」

「いや、大丈夫……試したいことがあるから。エリゼ、質問してもいいかな？」

「……ええ、もちろんです」

「エリゼが風の結界って言ってるけど、あれってどういうこと？　風は目には見えないよね？」

「風の結界で空気の流れを感じてます。風属性の魔力を自分を中心に広げて、そこに入ってきた生き物を感知してるイメージかと」

「なるほど……ありがとう、少し試してみるね」

風と同じように、目に見えていないだけで、空気中に水の分子は浮いてるはず。その水の分子が浮いてるということを認識する……イメージする。

それは、前世の知識があれば問題ない。

そして、エリゼと同じように、自分の周囲にある水を結界に見立てる。俺からは見えてないけど、茂みの向こうに水がある。そのことを思い込み、魔力を広げるイメージ。

「……来た」

「……なんという……水魔法で？」

エリゼが何か言ってるけど、ひとまず意識を集中。

すると、遅れて茂みの方から音がする。

「ギャキャ！」

「アイスバレット《氷の弾丸》！」

俺の指から氷の弾丸が出て――ゴブリンの顔面を貫く！

そのまま、ゴブリンは地に伏せる。

「……今のは？」

「えっと、僕が考えた魔法かな。氷を圧縮させる感じで……そうすれば貫通力が上がるかなって」

「……もっと先に教えるはずでしたが、自分でたどり着きましたか」

「だって、エリゼがヒントをくれたから。魔法はイメージと精度が大事だって」

「まあ、そうなんですけど……私が、その域に達したのはいつだったでしょうね」

「あっ！　何か来たっ！」

俺の魔力の波に、何かが引っかかる。

すると、茂みの奥から……ニワトリが現れる、ただし色は金に近い。

「あれ？　あれも魔物？　魔物にしては小さいけど？」

「アレス様！　あれは金色鳥《こんじきどり》です！　ほとんどいないレアな魔物です！」

「ほんと!?　じゃあ――アイスバレット！」

「コケッー！」

素早い動きで、俺の氷の弾を避ける。

「素早いし、すぐに逃げますよ。なので、私が」

「ううん！　僕にやらせて！」

「ですが、もう逃げてしまいます」

奴は踵《きびす》を返して、茂みに消えようとしている。なら、その逃げる方向に魔法をやればいい。

「逃がさないよ――アイスミラー《氷の鏡》」

「コケーッ!?」

俺が生み出した氷の壁に、ニワトリが突撃し、転げ回る。

「今だ――アイスバレット」

俺の放った氷の弾は、今度こそ……ニワトリの頭を貫いた。あっ、金色鳥だっけ？　いずれにしても、成功だ。

何も魔法を手から出すことはない。さっき使ったアイスミラーのように思い通りの場所に出現させることもできると思っていたんだ。こうなると氷魔法の使い道も広がりそうだ。色々と考えようっと。

改めて倒したことを実感してきて、喜びが溢れてくる。

「やったぁ！　エリゼ！　できたよ！」

「……ええ、素晴らしいですね」

「うん？」

「遠隔魔法は初めてなはず……それを、実戦で成功させるとは。アレス様は、実戦向きかもしれないですね。その中で覚えていく方が早いかもしれないです」

「これも難しいの？」

「もちろんです、使う魔力も違いますから。本来は、自分の手から離れた場所に、正確に魔法を発動させる訓練を積まないといけません。それは、皇都の学校で習うような内容ですね」

そうなんだ。じゃあ、俺、やっぱり少しおかしいのかも。でも、遠慮はしないって決めたから。もう、みんなのことを信じてるし。

……最悪、気味が悪いと思われてもいい。

「まあ、いいかな……僕は僕だし」

「ええ、それでいいと思います」

「ありがとう、エリゼ。それで、アレはどうしよう？　みんなに分けるには、量が足らないよね？

さすがに独り占めっていうのはあれかな？」

「ええ、そうですね。しかし、大丈夫かと」

「えっ？」

「ウインドカッター」

突如、エリゼが風の刃の魔法を放ち……遅れて何かの悲鳴が聞こえた。

「な、何？」

「ここを動かないでくださいね」

エリゼが、茂みの向こうに歩いていき……何かを担いで、すぐに戻ってくる。それは、どう見てもでかいイノシシだった。多分、体長一メートル以上はある。というか、エリゼって力持ちだなぁ。

「あれ？　それって……」

「実物を見るのは初めてですよね。これがイノブタです」

「へぇ、そうなんだ」

「実は、イノブタは金色鳥が大好物らしいのです。だから、金色鳥の数が減ったと。ゴブリンなどもいますが、あれはイノブタも好きではないみたいなので。もちろん、お互いに何もなければ食べ合いますけど」

「そういうことなんだ。じゃあ、今回は金色鳥の血の臭いに誘われたって感じかな」

「おそらく、そういうことです」

「金色鳥は、この辺りにいるの？」

「いえ、そういうわけではないです。私とて、会ったのは数年ぶりです」

「えっ？　そうなの？　じゃあ、飼育とかも無理かぁ」

これを飼育できれば、卵とか手に入りそうと思ったけど。

「難しいですね。あの通り、臆病なうえに逃げ足も速いですから。それに弱いとはいえ、体当たりで人を殺すくらいはできますし。実は以前、頑丈な檻《おり》の中で試したことがあるそうです。しかし卵を産むところは、誰も見たことがないそうです」

臆病な性格ってことは、ストレスに弱いってことか。なんとか、それを和《やわ》らげる方法を見つければいいのかな？

そうすれば、卵でデザートなんかも作れる……俺の氷魔法と合わせれば。

「そうなんだ。あのさ、もし飼育できたら、領地の役に立つかな？」

「ええ、それはもう。というか、国の役に立ちますよ」

……なら、少し頑張ってみようかな。

「えっと……それで、これからどうしよう？」

「まずは、このイノブタは村の人々にあげましょう。金色鳥は、アレス様に任せます。何せ、狩ったのはアレス様ですから」

「そっかぁ……村のみんなには悪いけど、僕が食べても大丈夫？」

「ええ、もちろんです。幸い、イノブタがありますから。むしろ、量があるのでイノブタのがいいかと」

「なるほど。それを渡せば、僕たちの印象は悪くならないと」

「おや？　……そういうことも気がつくのですね」

「ま、まあね。僕だって、領主の家の者だし。領民から反感を買わないようにしないといけないかなって」

「そこに気づけるとは……素質があるということですか。それとも、そういう星の下《もと》に生まれたのかもしれないですね」

領主の素質って意味かな？　だとしたら、嬉しいけど。

「そりゃあ、領主の息子だし。あっ、もちろん継ぐのは兄さんだよ？」

「ええ、わかっています。では、とりあえず戻りましょう」

「でも、まだ全然倒してないよ？」

「また、明日連れてきますから。食材が腐る前に、一度帰りましょう」

「それもそっか」

単純に凍らせれば保存は利くけど、どれくらいの魔力を使うかわからないし。

何より、俺の魔法は今のところ秘密みたいだし。


その帰り道、エリゼに指摘される。

「アレス様。先ほどの水の結界ですが……」

「うん？　何？」

「考えは良かったですが、まだまだですね。イノブタの存在に気がつきませんでしたね？」

「あっ……そうだった」

「私は常に、あの状態を維持しています。もはや、無意識に近いですね」

「えっ？　……一日中ずっと？」

「ええ、それが私の仕事ですから。アレス様に何があっても、すぐに動けるように」

エリゼが淡々と話した。エリゼは時折こうした厳しさを見せる時がある。俺は、彼女の期待に応えるべく言う。

「なるほど……じゃあ、僕もできるように頑張る！」

「そればっかりは、日々の積み重ねですね」

「そうだね。明日から意識してやってみる」

「ええ、それがいいかと。ところで、金色鳥の使い道は決まったのですか？」

「うんと……母上と父上、エリゼにご馳走《ちそう》がしたい」

「……いい子……この子は、やはり……」

「へっ？　なになに？」

「いえ、いい考えですね。では、お手伝いしましょう」

「うん、よろしくね」

よーし！　この金色鳥で、父上と母上を喜ばせよう！

10　クッキング

家に帰る前に、イノブタを届けに、村の責任者のもとに行く。

そう、ランドさんのところだ。

「これはアレス坊ちゃんにエリゼ殿……おおっ！　イノブタですかい⁉　これは、なかなか立派な奴でさ！」

「ランドさん！　こんにちは！　イノブタが獲れたので、届けに来ました！　倒したのは、エリゼなんだけど」

「いえいえ、アレス様が金色鳥を倒したからです。私は、それに惹《ひ》かれてやってきたイノブタを倒しただけです」

「ほほう！　金色鳥まで！　本当に、アレス坊ちゃんは将来が楽しみですな。それで、届けに来たということは？」

エリゼが、俺を前に押し出す。きっと、自分で伝えろということだろう。

「えっと、領主の息子として、イノブタを届けに来ました。どうか、村の人々に配ってください。その代わり金色鳥は、僕たちで食べてもいいですか？」

「……これはこれは、ご丁寧にありがとうございます。村を代表して、ありがたく頂戴《ちょうだい》します。そして、金色鳥はアレス様がご自由にお使いください。きっと、村の者たちもそう言うでしょう」

「う、うん、ありがとう。じゃあ、そういうことで……」

「ええ。では、あとは任せてくだせい。アレス様、村の者たちのためにありがとうございました。今後もよろしくお願いしますぜ」

そう言い、ニカッと笑う。

その感じが、妙に心地よかった。俺でも、みんなの役に立ったんだと思えて。


イノブタを渡したので、ようやく家路を急ぐ。

早くしないと、二人が帰ってきちゃうし。

「そういえば、呼び方が変わったね。坊ちゃんから、様にさ」

「きっと、アレス様を一人前と認めたのだと思いますよ。まだまだ未熟ですが、戦える者として」

「そっか……なんか、嬉しいね」

人に認められたり、誰かのために動いたり……それで、自分が嬉しくなることが。

「ふふ、それで喜べるアレス様が素敵です」

「そ、そうかな？」

「ええ……上に立つ者として、いい才能です」

……上に立つ者かぁ。でも、ここを継ぐことはないし、俺の将来はどうしようかな？

＊　＊　＊

家に帰る頃には、日が暮れ始めていた。

「では、早速作っていきましょう。金色鳥ですが、何にしますか？」

「えっと……ミルクはあるよね？」

一応、領主の家なので、馬は数頭飼っている。なので、馬の乳だけは常にある。馬の正式名称はメアといい、長年かけて飼い馴らしたらしい。

本当なら、金色鳥もそういう感じに飼い馴らしたいよね。

あと、絵本でしか見たことないけど、ホルスっていう牛に似た魔物とかも。できるなら、ホルスの乳が欲しいし。

でも、話に聞く限り、本体も乳も美味しくないらしい。全然人気もなくて、よっぽどのことがない限り、誰も手を出さないって。そもそも、数が少ないって話だ。

……うーん、俺の前の世界ではアイスクリームやチーズを作るなら牛乳なんだけど。

「ええ。ちょうど、今日届いた分がありますね」

「じゃあ、それを使おう」

手洗いうがいをして、二人でキッチンに立つ。俺はあくまでもお手伝いって感じだ。

「馬の乳ということは、クリームシチューでも作りますか？」

「うん、たまにエリゼが作ってくれるよね？」

その時はイノブタを使ったシチューだった。それはそれで美味しかったけど、少し物足りない感じがした。こう……コクというか、そういったものが。

「ええ。ですが、金色鳥で作ったことはないですね。そもそも、そこまで獲れることがないので」

「そういえば言ってたね」

「ええ、数年ぶりでしたよ。今思えば……どうして、あの場所に現れたんでしょう？」

「えっ？　どういうこと？」

「いえ、よくよく考えてみたら変ですね。臆病であるはずの金色鳥が、なぜ人がいるとわかっていたのに出てきたのか」

「そんなに珍しいの？」

「ええ、臆病ですから。何か、金色鳥が惹かれるものでもあったのでしょうか？」

「うーん……わかんないや」

「まあ、そうですね。とりあえず、作りましょうか」

エリゼが金色鳥を手早くさばく姿を見ながら、少し考えてみる。

金色鳥の件も、確かに気になる。それよりも、ホルスが美味しくないと言われる理由が気になる。

もちろん異世界なので、俺の知ってる牛とは違う可能性はある。

……うん？　前の世界と違う？

いや、俺が考えている通りの可能性はある？　まだ確証はないけど……心の片隅に置いておこうっと。

エリゼが慣れた手つきで、ささっと金色鳥を解体し終える。

「おおっ、早いね」

「まあ、姿大きさ強さともにまったく違いますが、コカトリスと似たようなものなので」

「コカトリス……」

「ほら、アレス様も手伝ってください。ゆっくりでいいですからね」

そうだった、考え事をしてる場合じゃない。俺が二人にご馳走するんだった。

まな板を出して、包丁で人参《にんじん》、ジャガイモ、白菜などの野菜類を切っていく。

「ところで、コカトリスって？」

「蛇《へび》と鶏が合体したような生き物ですね。途轍《とてつ》もなく強いですが、なかなか美味しいですよ」

「それも、出回ってるの？」

「いえいえ、あんなのが出回ってたら大変です。何せ、ダンジョンの奥深くにいる魔物ですから」

「ダンジョン……エリゼも、行ったことあるの？　冒険者だったの？」

本当に、エリゼは謎が多い。

「うーん、難しい質問ですね。ただ、若い頃はダンジョンに行ったことありますね」

「若い頃……」

どう見ても、今のエリゼは二十代前半だけど？

「ふふ、だめですよ。あんまり、女性の年齢や過去を詮索しては」

「はーい、それはわかってるよ。ヒルダ姉さんや母上にも言われたし」

「とてもいい教育ですね。さて、どうしますか？」

「えっと……僕が作ってもいい？」

「当然ながら、料理は初めてですよね？」

「うん！　でも、エリゼがやってるところは見てたし。あと、本だけならいっぱい読んでるから」

この日に備えて、準備と言い訳はできてる。エリゼがキッチンに立ってるのを後ろから眺めていたのだ。

そうすれば、料理を少しくらい作れても平気かなって。

「なるほど……まあ、すでに剣も使ってますし、私が見てるから平気ですか。では、お怪我だけには……自分で治せましたね」

「うん、平気だよ。じゃあ、やっていきます！」

まずはフライパンに油を入れて、コンロの火をつける。ここにも魔石が使われていて、ボタンを押すと火がつくようになっている。魔石以外に関しては、前世と変わらない感じなのでとても助かる。

ちなみにこのコンロ、ドワーフの人たちが作ったらしい。基本的に建物や、こういう調理器具などはドワーフが作っていると。

つまり、俺はいずれドワーフの人に会わないといけない。

実は氷魔法を使えるようになってから、冷蔵庫を作るというのを密《ひそ》かな目標にしていたのだ。

「よし、そろそろいいかな」

パチパチと音がしたら、金色鳥の皮の方から焼いていく。

「ほう？　わかってますね」

「ま、まあね」

五分くらい経ったら、反対側も焼く。

その間に、キノコ類を切っておく。もちろん、わざとらしくゆっくりと。いきなり、完璧にできたら変だし。

「両面焼けたかな？　……うん、良しと」

そしたら、焼けた骨つき肉を水から煮ていく。これが、骨から美味しい出汁《だし》を取る一番の方法だ。

「ふむふむ、いいですね」

「本に書いてあったから」

全ての言い訳をそれで通すつもりだ。実際に、うちには本がたくさんあるし。

「次はどうするのですか？」

「美味しい脂が出たから……」

先ほど金色鳥を焼いたフライパンで、キノコや野菜類に火を通していく。こうすることでシチューの旨味も増すし、焼いてから煮込んだ方が野菜類も美味しくなる。

その後少し時間がかかるので、エリゼと雑談する。

「そういえば、来客があるんだっけ？　いつ頃来るのかな？」

「……ええ、そうですね。もう、そろそろ来るかと」

「どんな人が来るの？」

「そうですね……旦那様のお友達の方ですね」

「へぇ、そうなんだ。冒険者ってこと？」

「……そうですね。元、冒険者の方ですね」

「元……？　今は、何をしている人なの？」

「それは……それより、フライパンは大丈夫ですか？」

「あっ！　そうだった！」

慌てて、フライパンの様子を確認する。

「……よし、平気だ」

一番硬いジャガイモに串を刺して柔らかくなっていたら、他の野菜も火が通った証拠だ。

「それで、次はどうするのですか？」

「えっと……うん、こっちも沸いてきたね」

水から煮ていた鍋から湯気《ゆげ》が出てきた。

「まずは、灰汁《あく》を取って……」

そしたら、炒めた野菜類やキノコ類を入れる。

「これで煮込めばいいかな？」

「ええ。あとは私の作っておいたベシャメルソースと、ミルクを足せばいいですね」

「そっか……ふぁ……」

……だめだ、眠くなってきた。

「大丈夫ですよ、寝てしまって。ここから一時間は煮込むので」

「う、うん……」

エリゼに抱っこされると……気持ちよくて眠りにつく。

＊　＊　＊

……不思議な子ですね。

自分の腕の中で眠るアレス様を見てると、よくわからない感覚に陥る。感じたことない、不思議な気持ち。

心が温かくなったり、時に締めつけられたりする。

私——エリゼは幼い頃から、特殊な訓練を受けてきた。それは戦闘訓練はもちろんのこと、人を欺《あざむ》くための訓練を受けてきたのだ。

その過程で、色々なものを失ってきた。

人間の本来の感情さえも。

……多分、アレス様と触れ合うことで生まれた思いの答えは出ている。きっと、私の中にとある感情が芽生えたのだろうと。

幼き頃より接してきたアレス様を、私は可愛いと思っている。そして、過ごしていく中で、愛《いと》しいと思ってしまったのだろう。

泣いてたら抱っこしてやり、風邪《かぜ》を引いたら看病をし、付きっきりで世話をする。

それは本来なら、主人からの依頼であって、ただの仕事だった。

それが、いつしか変わってしまった。段々と育っていくアレス様を見て、自然と微笑んでいる自分がいた。

私はわざと笑うことはあっても、自分から笑うことなどなかった。

それが今ではどうだろう？　すっかり、自然と笑えている。

きっと、仕事としては失格なのだろうと思う。私は旦那様と奥様を……そしてアレス様を見張るために派遣されたのだから。

でも、それでもいい。

今の私には、そんなつもりはない。

ただ、こうして過ごしていられればいい。

……せめて、今だけは。

＊　＊　＊

……あれ？　俺ってば何をしてたっけ？

そうだっ！　料理だっ！

「おや？　起きましたか」

「エリゼ！　鍋は⁉」

「大丈夫ですよ。灰汁を取りつつ、水を足していましたから」

「ほっ……良かった。ありがとね、エリゼ。えっと、父上と母上は帰ってきた？」

「いえ、まだですね。ただ、もうすぐに帰ってくるかと」

「じゃあ、仕上げをしないとね」

「ええ、そうしましょう。パンを付け合わせにしますか？」

「うん、それでいいかな」

「では、私が用意しましょう」

「じゃあ、僕はベシャメルソースとメアミルクを入れるね」

この世界のパンは硬い。別にそれがだめってわけではない。フランスパンみたいでカリッとして美味しいし、シチューにはよく合うし。

ただ、好みとして……いずれ、柔らかいパンも作りたいね。

その後、ベシャメルソースとメアミルクを足して、沸かさないようにする。

「弱火でとろーりするように……うん、いい感じだ」

白いミルクの表面は、金色に輝いている。その正体は、金色鳥から出た脂だ。鳥の出汁の香りとミルクの香りで、食わずとも美味さが伝わってくる。

「よしよし、美味そう」

「いいですね。金色鳥で作ったことはないですが……香りがいいですね」

「普通はどうするの？」

「珍しい魔物なので、お祝い事とかに出しますね。どのくらい貴重かというと……皇族にも贈られるくらいです」

「へぇ、皇族にも……それは貴重な魔物だね」

すると……玄関から声が聞こえてくる。

「エリゼー！　何かあったのかー!?」

「アレスー!?」

父上と母上だ。エリゼはうっかりしていたような顔をする。

「おや、私としたことが」

「普段は出迎えするから心配してるね」

「ええ。では、行きましょうか」

火を止めたら、エリゼと共に玄関へと向かう。


「おおっ、無事だったか」

「村の人から、森に行ったたって聞いて」

……どうしよう？　少し怒ってるのかな？

「えっと……」

「アレス様、大丈夫ですよ。きちんと説明をすればいいんです」

「エリゼ……うん。あのね……強くなりたいからエリゼに頼んで、森に連れてってもらったんだ。

あと、父上と母上にプレゼントしたいなって」

「私たちに？」

「あら？　何かしら？」

「えっと、料理を作ったから、二人に食べてほしいなって」

「何？　……そうか」

「ふふ、あなた……嬉しいわね」

「ああ、そうだな。じゃあ、ご相伴《しょうばん》にあずかるとしよう」

「う、うん！　じゃあ、テーブルで待ってて！　エリゼ、手伝って！」

「ええ、もちろんです。奥様、旦那様、少々お待ちください」

俺は踵を返して、急いでキッチンに向かう。そして、シチューを皿に盛って、テーブルに持っていった。

すると、すでに父上と母上が席に着いていた。

「母上、父上、今日のメニューは金色鳥のクリームシチューです」

「おおっ、村でも噂にはなっていたが……まさか、金色鳥が獲れるとは」

「ええ、そうね。聞いた時は驚いたけど……」

「しかし、一体どうやって？」

「そうよね、物凄く珍しい魔物ですし」

「旦那様。実は、森に行った際に出くわしまして……」

「何？　探しに行ったわけではなく、やってきたと？」

「ええ、そうなんですよ」

「不思議なこともあるのね……」

「まあ、いい……そういうこともあるだろう」

「えっと、とりあえず……父上、母上、いつもありがとうございます」

二人の顔を見て、俺は改まったように、きちんとお辞儀をする。

「おいおい……どうした？」

「アレス？　どうしたの？」

「いえ、父上と母上には感謝しております。僕をここまで育ててくれたこと、僕の家族となってくれたことを。もちろん、エリゼもね」

この気持ちはまぎれもない事実だ。俺は、本当にこの家族に感謝している。

「お、おい？　……どういう意味だ？」

「アレス？」

戸惑う二人の反応に、逆に俺が戸惑ってしまう。

「えっ？　何を？」

「「えっ？」」

二人がポカンとした顔をしている。

「……お二人とも、アレス様は普通に感謝を伝えているだけかと」

「そ、そういうことか」

「そ、そうよね」

「うん？　どういうこと？」

「いや、少し驚いてしまった」

「そうね。まだ五歳なのに」

「とりあえず、アレス様も席に着きましょう。せっかく作った金色鳥のクリームシチューが冷めてしまう前に」

「う、うん」

よくわからないが、俺もひとまず席に着く。

父上が、俺たちの顔を見渡して、いつも通りに言う。

「では、いただきます」

「「いただきます」」

まずはスープで、スープの部分を口に含む。

「っ――！　美味しい！」

もう、これだけで美味しい。

深いコクと、確かな旨味。喉を通る瞬間まで、幸せを感じる。

「うむ！　これは美味いな！　いつも以上にシチューの味が濃く、何よりサラサラしてない！」

「ええ、美味しいわ。喉を通った時、確かな旨味を感じる。いつもとは違うわね」

「なるほど……ある意味で、金色鳥に一番合う食べ方かもしれないですね」

「うんうん……よし、次はお肉を――はふぅ」

熱々のモモ肉にかじりつくと、しっかりと鶏肉とクリームの味がする。あれだけ煮込んでも、肉の味が濃く感じる。

「肉も美味いし、パンに付けてもいいな」

「お肉も美味しいけど、何よりこのスープが美味しいわ。黄金に光ってるし、とっても綺麗ね」

「元々は、こういう感じのが合いそうですね」

良かった、みんなも美味しそうに食べてくれてる。

これで、少しは恩を返せたかな？

「アレス、改めてありがとう。とても美味しい食事だ」

「そうよ、アレス。本当にありがとね。味ももちろんだけど……その気持ちが嬉しいわ」

「そうだな……自慢の息子だ」

「ふふ、そうね」

「あ、ありがとうございます」

正直言って、少し照れくさい。

でも、そう言ってもらえると……やっぱり、嬉しいよね。

11　初めての対人戦

それから、一週間が過ぎた。

俺は両親の許可を得たので、水を得た魚みたいに活動している。エリゼと村に出ては買い物をしたり、一緒に狩りに出たり。

そんなある日、いつものようにお出かけをしようとすると……。

「アレス様」

「エリゼ？　どうかしたの？」

いつもならついてくるはずのエリゼが困った顔をしていた。

「はい、今日は忙しいのでお出かけはできないかと」

「そうなの？　じゃあ、我慢するよ」

エリゼにはお世話になってるから迷惑をかけたくない。出かけたいけど、それくらいは我慢しないと。

「……いえ、お一人で出かけてもいいですよ？」

「えっ？　……いいの？」

「ええ。普段のアレス様を見る限り、無茶はしないですから。森にさえ行かなければいいですよ。まあ、アレス様もたまには一人になりたいでしょうし」

……正直言って、それは助かる。エリゼは好きだしありがたいと思っているけど、ずっと一緒にいすぎるので、息が詰まりそうになる時もある。

森に行ってはいけないという制限はあるけど、これは楽しみだ。

「そんなことはないけど……とりあえず、いってきます！」

「あっ、少々お待ちくださいね……これで良しっと」

「何をしたの？」

何やらエリゼの手が、頭に触れただけだけど……。

「いえ、ただのおまじないですよ。では、いってらっしゃいませ」

「う、うん」

よくわからないけど、とりあえず出かけよっと。

＊　＊　＊

エリゼに見送られた俺は、田んぼ道を一人で歩く。

それだけで、いつもとは違うわくわく感が押し寄せてくる。

「アレス様！　こんにちは！」

「皆さん、こんにちはー！　いつもお仕事お疲れ様です！」

「いえいえ！　こちらこそ、ありがとうございます！」

ふふふ、きちんと挨拶をしないとね。俺の行動が、父上の評判に影響を与えることもあるだろうし。

田んぼ道を通り抜けると十字路があり、その周りには家が立ち並ぶ。そこからに左の道に行けば森が、右に行けば教会や修道院、孤児院がある。

真っ直ぐ行くと、大きな木が目印の商店街がある。

今日は、そのまま商店街へと向かっていく。


「ふんふん～」

「あら、アレス様、こんにちは……あれ？　今日はお一人ですかい？」

ご機嫌で歩いていると、八百屋のおばさんに声をかけられる。

「こんにちは。はい、僕も五歳を過ぎたので」

「いやぁ、しっかりして、さすがは領主様のお子さんだ」

「いえいえ、兄さんや姉さんに比べたらまだまだですよ」

ヒルダ姉さんとシグルド兄さんは元気かなぁ。手紙とかは届くから無事なのはわかるけど、やっぱり寂しいよね。

「それにしても、今日は人が多いですね」

商店街には馬車などもあり、人だかりができている。

「今日は皇都からの支給品が届く日なんですよ。あとは、商人さんたちが森で採れた素材を買い取ったりしてくれます。今も、領主様が陣頭指揮《じんとうしき》を執っているかと」

「なるほど、そうなんですね……あっ、ほんとだ、父上がいますね」

よく見ると、大きな木の下辺りに父上がいる。

とりあえず、挨拶には行かないとね。おばさんに挨拶をし、父上のもとに駆けていく。

「父上～！」

「うん？　アレス？　どうしたのだ？　エリゼはどうした？」

「えっと、商店街ならお出かけしてもいいって言われました」

「なるほど、エリゼが認めたなら問題はないか」

「父上は、仕事中ですよね。ごめんなさい、邪魔して。一応、挨拶だけはしないと、と思って」

「こらこら、子供がそんなに気を遣うんじゃない。今は大したことはしていないし……アレスさえ良ければ、門の方へ行ってみるか？　これから行くところだったが」

「いいんですか⁉」

まだ、門の方には行ったことがない。門の外は盗賊や魔物などもいて危険だからって。

「ああ、いいぞ。とりあえず歩きながら話すか」

「はいっ！　わぁ、楽しみだなぁ」

「いや、楽しみなことなどないと思うが……ただ、こののどかな領地に似合わない無骨《ぶこつ》な門があるだけだ」

「いやいや、父上。わかってませんね、それが見たいんじゃないですか」

領地と言われても、いまいちピンとこない。本当にのどかな雰囲気の村って感じだし。せっかくなら、そういうカッコいい門とか見たいし。

「そういうものか」

「僕も男の子ですから」

「ははっ！　それもそうだな！」

そう言い、乱暴に俺の頭を撫でる。その遠慮のない感じが、妙に心地よかったりする。

「と、ところで、まだ商人さんが来るのですか？　だから門に行くんですか？」

「いや、商人は全員来たんだが……もう一組、来ると思ってな」

「えっと……例のお客さん？」

「そうだ。手紙から見るに、もう来てもおかしくない。というか、商人にまぎれてくるのではないかと思っていたが……」

「へぇ、楽しみです！　エリゼから、父上の友達って聞いたので」

「友達……いや、間違ってはないか。まあ、悪い奴ではないから楽しみにしてるといい……ん？　あれは？」

「どうしたの？」

「いや、入り口の方から何かが……アレス！　そこを動くんじゃないぞ！」

「えっ⁉　父上⁉」

俺が門の方に視線を向けると、門側から兵士と思しき人が走ってくる。

どうやら……何かが起こったことは間違いないみたい。父上は走っていってしまう。

さて、どうしよう？　じっとしてろとは言われたけど……もし、父上に何かあったら？　怪我でもしたら？

俺なら、回復魔法をかけてあげられる。それに、氷魔法は戦いの役に立つはず。

ほんとは人前で使っちゃいけないし、動くなって言われた。

……最悪、怒られてもいい。

父上に何かある方が嫌だから。

そう決めた俺は、父上のあとを追うのだった。

＊　＊　＊

少し走ると……状況がわかってきた。

門の先で誰かが争っている。

「馬車を襲ってる？」

黒い服に身を包んだ人たちが、馬車に襲いかかり……。

駆けつけた父上たちが、そいつらと戦っている。

「くそっ！　エリゼはまだか！」

俺は駆けつけるや否《いな》や、声を上げる。

「父上！」

「アレス!?　何しに来た!?」

「貴様の子供か？　ならば、ちょうどいい！」

「ま、待てっ！」

すると、黒い服を着た男が、俺の方に迫ってくる！

冷静に、確実に……そして魔法の基本は、敵に接近されないこと。それを、エリゼが教えてくれた。

「地面よ、凍れ——アイスバーン《路面凍結》」

俺の目の前に、凍った地面が現れる。

「な、何!?」

その男は、俺の出した氷の道に滑って体勢を崩す！

「今だっ――アイスバレット！」

「ぐはっ!?」

俺の放った氷の弾は、男の足に着弾する！

「父上！　今のうちです！」

「う、うむ！　皆の者！　生かして捕らえよ！」

「はっ！」

転んだ男を、一人の兵士が捕まえる。

「な、なんだと!?　子供が魔法を使ったうえに、見たことのない氷魔法だと!?」

「隙《すき》ありだっ！」

「チッ!?」

動揺している敵を、父上が果敢《かかん》に攻めていく！

「父上！　僕が敵の動きを――アクアボール！」

魔力コントロールを意識して、敵のみに当たるように誘導する。別に、当たらなくてもいい――

ここには、父上がいる。

「うおっ!?」

「はっ！」

「ぐあっ⁉」

その隙を見逃す父上じゃない。剣で相手の足などを斬り、行動不能にしていく。

水魔法だし、俺の魔法は威力は高くない。氷魔法は自重《じちょう》し、エリゼに言われた通り、水魔法使いとして援護に徹するんだ。

そう、俺は時間稼ぎでいい。


そして、しばらくすると……。

「ここですか、賊《ぞく》がいるのは」

「エリゼ！」

「アレス様。どうしてお戦いに？」

「ご、ごめんなさい」

「いえ……怒ってはいないですよ。心配しただけですから――あとは、私に任せて安心してください」

その微笑みを見た時、俺の身体から力が抜ける。

あっ――意識が朦朧としてくる。

「お疲れ様です。さて……それにしても、よくもアレス様に牙《きば》を剥《む》いたな！」

……その言葉を最後に、俺の意識は沈んでいく。

＊＊＊

くそっ！　俺としたことが！

俺たちの乗る馬車に迫る刺客を視界に捉えつつ、冷静に考える。

「もうすぐ、グレイの領地か……ここで戦うのは得策ではない」

このまま、領地まで走っていった方が良さそうか。

何より、俺の腕の中には……アイラがいる。

本当の娘ではないが、今では掛け替えのない存在の子が。普段はあんなに強気なのに、今は怯《おび》えて私にしがみついている。

……この子だけは、なんとしても守らなければならない。

「お、お父様……」

「大丈夫だ、アイラ。もうすぐ、お父さんの友達の領地に着く」

「で、でも、みんなやられちゃった」

確かに、連れてきた兵士たちは倒されてしまった。お忍びだったので、少数で来たことが仇《あだ》となったか。

しかし、どこから情報が漏《も》れたのか……いや、今は考える時ではない。

仮に漏れていたとしても、目的までは悟られていないはずだ。

「追えっ！　逃すな！」

「殺せ！」

追手が迫り、アイラがさらに怯える。

「ひっ⁉」

「大丈夫だ、いざとなればお父さんが……いや、その心配はないか」

この世で唯一信用できる男が、こちらに向かってくる。我が友であり、我が罪を背負わせてしまった男が。

「ハァァ──‼」

刺客が馬車に迫ろうとした時──。

何者かが俺たちの馬車の前に立ち塞がった。

「ぐはっ⁉」

「チッ⁉　気づくのが早い！　せっかく、商隊から引き離したというのに！」

なるほど……途中の橋が壊れ、商隊から引き離されたのは、こいつらの仕業《しわざ》ということか。

いずれにせよ、助けられたようだ。

刺客の一人を斬り捨てた人物──我が友、グレイが声をかけてくる。

「ゼノス！　無事か！」

「ああ！　我が友よ！　世話をかけてすまぬ！」

「まったく！　お前はいつもそうだっ！　だが——今はこいつらが先だ」

「よし、これでもう安心だからな」

「う、うん」

頷くアイラ。これで一安心した俺だが、少々の誤算があった。

戦い始めたが、グレイたちの方が少し劣勢。どうやら、敵もなかなか腕がいい奴らのようだが……俺たちを守っているのが原因だろう。

「俺も出るか？　……いや、逆にグレイの足手まといになるか」

「お、お父様……平気かな？」

「ああ、ここには頼れる者もいる」

もうすぐ、エリゼが来るはず。グレイもそれがわかっているから、時間稼ぎに徹しているのだろう。

「あっ！　誰か来たわ！」

「そうか、来てくれたか……」

「でも、子供だわ！」

「……何？」

馬車の中から、外を覗《のぞ》いてみると……そこには俺と同じ髪色の、銀髪の少年がいた。

その少年は、私が一番愛した女性にそっくりだった。しかも、その少年は見たことのない魔法を使った。

氷を張って敵を滑らせたり。氷の弾を器用に敵に当てている。

決して、敵を、俺たちの馬車に近づけさせないように。

その姿を見て……俺の心は動いた。

この子は間違いなく天賦《てんぷ》の才に恵まれていると。

できるなら……静かに過ごさせてやりたかった。

12 初めての友達

……あれ？　どうしたんだろ？

身体がふわふわする。

「ん……」

「あっ、起きたわ。お父様！　この子、起きたわ！」

耳元で、女の子の声が響く。

「な、何？」

起き上がると、容姿の整った可愛い女の子が目に入る。

猫のような少し強気な瞳。

俺にとっては懐かしい黒髪黒目。

身長も同じくらいなので、多分、同世代の女の子だろう。

状況から見るに、どうやら膝枕《ひざまくら》をされていたらしい。

「わたし、アイラっていうの！　あなたは？」

「えっと……アレスっていいます」

「少し似てるわ！　それより、あなた魔法が使えるの？」

……なんというか、元気な女の子だなぁ。

それに、物怖《ものお》じしなそうだ。

「まあ、一応使えるかな」

「ふーん……確かに凄かったわね」

「えっと、それより……」

まずは状況を確認しないと……なぜか、俺は馬車の中にいるし。

「おっ、起きたか」

「うむ、そのようだ」

馬車の扉が開き、父上と見知らぬ男性が顔を出す。

「父上、どうなりましたか？」

「うむ……ひとまず、このまま屋敷に行くとしよう」


そのまま二人が乗り込むと、馬車が動きだした。

すると、目の前に座った男性が俺に視線を合わせる。

男前で銀髪の偉丈夫《いじょうふ》で、会ったこともないけど……俺と髪の色が同じだからか、親近感を覚える。

「少年よ、まずは助力に感謝する。俺の名前はゼノスといい、君の父上……グレイの古い友人だ」

「いえいえ、僕は大したことしてませんよ。初めまして、アレス・ミストルと申します。父がお世話になっております」

「ふむ……理知的な瞳だ。それに、しっかりしている。さらには度胸《どきょう》もあり、魔法も使えると……グレイよ、いい育て方をしているな？」

「……ああ、自慢の息子だよ」

「そうか……」

なんだろ？　仲いいんだよね？

なんか、少し気まずそうにしてる気がする……。

「え、えっと、あのあとどうなったのですか？」

「そうだな。その説明がいるか。まずは、捕らえられた賊もいたが……自ら命を断ちおった。口の中に仕込んであった即死性の毒を呑《の》み込んでな」

「我らも動揺して、そこまで気が回らなかった……まったく、情けない」

「そうですか……」

そうなると、回復魔法でも治せないね。

というか……意外と落ち着いてる自分に驚く。

血を見たし、今も人が死んだっていうのに。やっぱり、直接手を下してないからかな？……あとは、近接戦闘をしていないからかも。

「珍しくエリゼも冷静ではなかったし。よほど、アレスが大事と見える。だから、ゼノス……」

「ああ、わかってる」

「エリゼがどうかしたの？」

俺がそう問うと、アイラと名乗っていた女の子が声を上げる。

「凄かったのよ！　メイド服の綺麗な女性が、怖い顔して敵を倒していくんだもの！」

「そ、そうなんだ」

「アレスが危険になったので、怒っていたのだろうな。あとで、きちんと謝るんだぞ？」

そうだった……俺はエリゼの言いつけを破ってしまった。

危険なことをしないって条件で、自由にさせてもらったのに。

「はい、きちんと謝ります。そして、父上も申し訳ありませんでした。勝手に戦いに参加したうえに、魔法まで使ってしまって」

「……過ぎたことは仕方ない。それに、助かったのは事実だ。お前の援護のおかげで、我が領民の兵士に死人は出なかった。しかしアレス、父としては褒めることはできない。私の言いつけを破り、心配をかけさせたことを」

「はぃ……」

「ただ……領主として感謝する。よくぞ、やってくれた。それと皆、お前に感謝していたぞ」

「父上……」

そっか、少しは役に立てたんだ。

でも、言いつけを破ったのは事実だから、しっかり反省しないと。もしくは……もっと強くなって、心配をかけないくらいにならないと。

また、女の子が声をかけてくる。

「ねえねえ！　それよりも凄いわ！　氷魔法！」

……そうだった、咄嗟《とっさ》に使ってしまった。

「……ああ、俺も初めて見たな」

「どうやら、最近になって使えるようになったみたいでな。私としても、驚いたものだ」

「わたし、土属性使いなんだけど、魔法が苦手なのよ！　だから教えなさい！」

「え、えっと……」

「アレス君、娘がすまない。アイラ、それが人にものを頼む態度か？　しかも、彼は命の恩人なのだぞ？」

「むぅ……じゃ、じゃあ、代わりに剣を教えてあげるわ」

「ふむ……まだ幼いが、うちの娘は剣の筋《すじ》がいい。グレイの手紙では、何やら剣術を鍛えていると書いてあった。しかし、あまり上手くいっていないとも。うちの娘は、属性こそ付いたが魔力も低いし、魔法の才能はからっきしだ。なので、お互いにいい影響を受けるのではないか？」

ゼノスさんも娘の提案に乗ってそう言うと、俺の方を見てくる。

「剣かぁ……」

「何よ？　女の子だからって馬鹿にしてるの？　冒険者になっちゃだめとか、女の子らしい習い事しなさいとか、家で大人しくしてなさいとか」

「ううん、そんなことはないよ。女の子だからって、冒険者になってもいいと思うし。それこそ、剣だってカッコいいし。ただ、近接戦闘は怖そうだなって」

「ふ、ふーん……気に入ったわ」

「はい？」

「アレス！　今日からわたしの友達になりなさ……な、なってくれる？」

さっき叱《しか》られたからか、急にしおらしくなる。

……まあ、悪い子ではなさそうだし。

「うん、もちろん。じゃあ、よろしくね――アイラ」

「よ、よろしくしてあげるわ！」

転生して早五年、ようやく同世代のお友達ができたみたいです。

＊＊＊

その後、馬車に乗ったまま、家に到着する。

俺は先に降りて、アイラに手を差し伸べる。

女の子がいたらエスコートすること、これは母上と姉上に厳命されている。

「アイラ、どうぞ」

「……あ、ありがとう」

少しためらったあと、彼女が俺の手を握り、馬車を降りる。

「フハハッ！　すまないな、アレス君。うちの娘は、そういうのに慣れてないんだ」

「お、お父様！」

「そうなんですね。でも、僕も慣れてませんから」

「そ、そうなの？」

「ええ、初めてですね。それこそ、同世代もいないので」

「ふ、ふーん、そうなの」

「ええ。なので、アイラが来てくれて嬉しいです」

「し、仕方ないわね！　わたしが遊んであげる！」

「うん、よろしくね」


アイラの手を引いて、自分の家に案内する。

中に入ると……母上に強く抱きしめられる。

「アレス！　お帰りなさい！」

「母上、ただいまです……心配かけてごめんなさい」

俺を抱きしめるその手は震えている……心配かけちゃった。

「無事ならいいの……でも、あとで叱るからね？」

「はい、それは甘んじて受け入れます。それより、まずは客人が来ていますから」

「ええ、そうね」

俺は一歩引き、彼女を前に出す。

「こ、こんにちは！」

「ええ、こんにちは。初めまして、シエラと申します」

「アイラですっ！」

「ふふ、アイラちゃんね。自分の家だと思ってゆっくりしていってね」

「シエラ、久しぶりだな」

「……ええ、ゼノス。ほんと、久しぶり」

そっか、この二人も知り合いってことは……うん？

「もしかして、ゼノスさんは冒険者だったのですか？　だから、父上や母上と知り合いとか」

「アレス、ひとまず話はあとにしよう。まずは客人を上げたり、荷物を運んだりしてからだ」

「あっ、それもそうですね。じゃあ、僕も手伝います」

俺も外に出て、みんなで荷物を運び出す。

といっても、大した量ではないのですぐに終わり……。


その後、エリゼも合流して、全員でリビングのテーブル席に着く。

その中で、エリゼだけが立ち……。

「では、人数も多いので使用人である私が進行させていただきます。まずは、アイラ様にわかるようにご説明いたします。こちらにいる男性がグレイ男爵で、この地の領主を務めてます。そして、隣の女性がシエラ様といい、グレイ男爵の奥様です。隣にいるのが、次男であるアレス様です」

「ええ！　わかったわ！」

「畏まりました。では、次はアレス様。こちらの男性がゼノス殿といいまして、旦那様の古い知り合いでもあります。隣にいるのが、娘さんであるアイラ様ですね」

「ふんふん……四人は知り合い？」

「そうですね。私はあとからですが、このお三方は冒険者でパーティーを組んでいたかと」

「へぇ！　やっぱり！」

エリゼに向かって俺がそう言うと、アイラが声を上げる。

「お父様⁉　それは……き、聞いてないわ！」

「ははっ！　すまんすまん！　まあ、あんまりカッコいい話でもないのでな。俺はこの通り、利き腕である右腕を怪我している。動きはするが、冒険者は続けられなかった」

ゼノスさんが長袖の袖をめくると……そこには大きな傷跡があった。回復役の母上がいなかった時に怪我でもしたのかな？

「なるほど……それで、パーティーが解散ってことですか？」

「ああ、そうだ。俺は稼いだ金を元手に商人になった。そして、その冒険者と商人の功績を元に男爵の爵位を得ている。グレイは冒険者を引退して、シエラと結婚して男爵家を継いだってわけだ」

「そういうことだ。ちなみに、集落の責任者でもあるランドも元パーティーメンバーだ。仕事がないなら、私を手伝ってくれと頼んだってわけだ」

「ふんふん、そういうことなんですね」

「今回は商売も落ち着いてきたので、一度遊びに来たって感じだ。まあ……お互いの子供を会わせるって意味でもな」

　父上が茶化すように言う。

「まったく、こいつときたら五年も顔を出さないとは。しかも、来る時は急ときたもんだ」

「ははっ！　すまんな、グレイ。これからは、ちょくちょく顔を出すつもりだ」

「……そうか。今回は、どれくらいいるんだ？」

「三日くらいは滞在しようかと思っている。すまんが、世話になる」

「わかった。じゃあ、部屋へと案内しよう」

　すると、アイラが急に立ち上がり……。

「お父様！　わたし退屈だわ！」

「まったく、仕方のない娘だ……そうだな、アレス君だったかな？」

「はい？　なんでしょうか？」

「できればでいいが、うちのアイラにこの領を案内してもらえないか？　普段は、なかなか外に出る機会もなくてな」

　申し訳なさそうにするゼノスさんに俺は言う。

「そうなんですか？　でも、商人さんなんですよね？」

「俺は職業柄、家を空けることが多いし……妻もいない。何より、敵も多くてな。娘を自由にさせてやれてない」

……そうなんだ、この子には母親がいないんだ。

それに、俺と同じように自由がない。

「わかりました。では、僕が責任を持って案内いたします」

「ま、まかせるわ……だから、しっかりエスコートしてよね！」

「うん、頑張るよ」

なぜか偉そうなアイラに控えめに返答しておくと、エリゼが話しだす。

「では、決まりですね。私が二人の護衛に付くのでお任せください。その間に、旧交を温めてください」

「そっか、僕たちがいたら話しづらいこともあるもんね」

「……人の機微《きび》にも聡《さと》いようだな、お前の子は」

「……ああ、本当にしっかりしてるよ。では、気をつけてな」

「はい、いってきます。アイラ、行こうか？」

「うんっ！　おでかけねっ！」

嬉しいのか、満面の笑みを浮かべる。

俺も、初めての友達とのお出かけにワクワクするのだった。

13　デート？

まずは外に出て、田んぼ道を歩いていく。

……というか、どこに行こう？

別に大した名所はないし、俺自身も行動範囲は狭い。

「いつもは何をしてるの？」

「うーんと、魔法の鍛錬とか、剣の稽古とか。あとは森に行って狩りをしたり、商店街があるからそこに行ったりしてるね。ごめんね、あんまり面白いところないかも」

「そうなの？　……わたし、あんまり外に出たことすらないから」

「そうなの？　普段は何をしてるのかな？」

「家の中でお勉強したり、庭に出て剣の稽古をしたり……外に出ると、変な目で見られるし」

「えっ？　どうして？」

「だって……わたしの髪って変じゃない？　黒いし重たいし、目だって黒いし……お父さんが言うには、わたしみたいのは、この大陸にはあんまりいないんだって」

……なるほど、そういうことか。

この子自身活発そうだし、商人の子供なのに過保護だと思ってたけど。そういう理由なら仕方ないね……どこでも珍しいものは、変な目で見られてしまう。

まあ、俺にとっては慣れ親しんだ感じだけど。

というか、懐かしくてずっと見ていたいくらいだ。

「綺麗なのにね」

「へっ？　き、綺麗？」

「うん、黒い髪も黒い瞳も綺麗だと思うよ」

「……ほんと？　嘘だったらぶっ飛ばすわよ？」

「いや怖いから！　う、嘘じゃないし」

「そ、そう……ならいいわ。ところで、アレスっていくつなの？」

「僕は五歳ですね」

「そうなんだ……じゃあ、わたしの方がお姉さんね！　この間、六歳になったし」

「一個上なので……そうですね。じゃあ、敬語にしますね」

「へっ？　だ、だめよ！」

「そうですか？」

「そ、そうよ！　特別に許してあげる！　というか、今のわたしは商人の娘だし！　わたしには敬語なし！　これは命令よ！」

「……あはははっ！」

「な、何がおかしいのよ！」

「だって、命令って……そこまで敬語は嫌なのです……嫌なんだね」

「うっ……だって、わたしはあれだし……とにかくだめ！　これは約束だからねっ！」

「うん、わかったよ。じゃあ、改めてよろしくね、アイラ」

「そ、それでいいのよ」

少し変わった女の子だけど、やっぱり悪い子ではないみたい。というか……なかなか面白い？　女の子みたいです。

「……ところで、エリゼ」

「はい、なんでしょうか？」

「いや、離れすぎじゃない？」

エリゼは、俺とアイラの二メートルくらい後ろからついてきて、まるで本物のメイドさん……もしくは従者みたいだ。

「いえ、これが普通かと。私はメイドなので。とりあえず、私はいないものとして扱ってください。今回は、お二人の護衛に徹するので」

「どうしたの？　メイドが主人の後ろにいるのは普通じゃない」

「うーん……そうかもしれないけど、僕にとってエリゼは家族だから」

「ふーん、そうなのね。メイドが家族なの？」

「うん、そうだよ。世話になってるもん」

「でも、それがメイドの仕事でしょ？　お給料だって出てるし」

「うーん……なんて言えばいいのかな。そうであっても、お世話になってる以上、敬意を払う必要があるかなって」

「ふーん……じゃあ、並んで歩いてもいいわ。よくわからないけど、アレスの大事な人ってことでしょ？」

「ありがとう、アイラ。ほら、エリゼ」

「ふふ……ええ、わかりましたよ。ただし、基本的には黙ってますから」

そう言い、俺の隣に並ぶ。

「ほら！　そんなことより早く行くわよ！」

「はいはい、わかったよ」

アイラに手を引かれ、商店街へ向けて歩きだすのだった。


とりあえず、商店街に向かうと……。

「あっ、魔石が売ってるわ」

「うん、そうだね。うちで魔石を扱っている唯一の店だね」

すると、アイラが少しぎこちなく言う。

「わたしのお父様……は、魔石を扱ってるのよ」

「へぇ、そうなんだね。じゃあ、今回も？」

「ええ、そうよ。それを卸《おろ》しに来てるって言ってたわ」

「なるほど。それなら、感謝しないとね」

商人さんか……じゃあ、俺が密かに考えていた商売を相談してみるのもアリだな。もうバレてしまっているわけだし。

……まずは、水の魔石に氷魔法を込められるかどうかだね。

そしたら冷蔵庫とか、クーラーとか作れるかもしれない。


その後、歩いていると……。

「おや？　これはこれは、アレス様じゃないっすか」

「あっ、ランドさん！　こんにちは！」

「ええ、こんにちはです。それにしても、グレイに似て隅《すみ》に置けませんな。可愛い女の子を連れてデートですかい？」

「な、な、なっ――!?」

みるみるうちにアイラの顔が強張《こわば》り、怒りに染まっていく。

い、いけない！　この子にその手の冗談は危険だっ！

「違うよ、ランドさん。この女の子は、友達になったアイラ。今日からうちに泊まってる……あれ？　ランドさんもゼノスさんの知り合いだって言ってたような……」

「ははっ！　ええ、知ってますよ。ゼノスさんの娘ということも」

「……からかったね？」

「ええ、すいやせん」

「ごめんね、アイラ。この人は、君のお父さんの友達みたいだから許してあげてね」

「わ、わたしは、別に……ごにょごにょ」

「ははっ！　ゼノスの娘も苦労しそうだ！」

「ランドさん？　その辺で」

エリゼが、ランドさんに鋭い視線を向ける。

「おっと、これは失礼……お二人とも、仲良くしてくだせい。それが、みんなの思いですぜ」

「うん？　……まあ、友達になったし」

「な、仲良くしてあげるから大丈夫よ」

「それならいいんでさ。それじゃあ、俺もグレイの家に行くとします」

「じゃあ、僕たちは孤児院にでも行こうかな」

ランドさんは、俺たちが来た方へ歩いていく。

それを見送ったあと、俺たちは孤児院へ向けて歩きだすのだった。

14　ゼノスとグレイ

アレスたちを見送ったあと、私――グレイ、ゼノス、シエラで再び三人でテーブルに着くが……。

さて、どうしたものか。

隠すつもりであった氷魔法も、バレてしまった。

こうなった以上、誤魔化すのは無理だろう。

「さて、グレイ……話を始めるとするか」

さっきまでとは打って変わり、只者ではない風格を漂わせるゼノス。

私も友人という立場を変え、臣下の礼をとる。

「はっ……皇帝陛下」

「ひとまず、ご苦労だった。俺に代わって……息子であるアレスを育ててくれたことを感謝する。

もちろん、シエラもな」

「いえ、滅相《めっそう》もございません」

シエラがそう答えると、ゼノスは嫌そうに言う。

「……それ、やめないか？　いや、確かに皇帝であるし、今は真面目な話をしてるわけだが……俺、寂しいんだけど？」

……そうだった、こいつはこういう奴だった。

偉いくせに偉ぶらず、こっちをリラックスさせるような奴だ。きっと、そんなところが……アレスに似ているような気もする。

育ての父としては、少し寂しい気もするがな。

「ふふ……ゼノスったら」

「まったくだ。せっかく、こっちが真面目にしようと思ったのに」

シエラに続いて私が軽口を叩くと、ゼノスは相好《そうごう》を崩して言う。

「おいおい、勘弁してくれよ。ただでさえ、肩が凝《こ》る仕事をしてんだから。今、ここにいるのは……ただの冒険者仲間だったゼノスだよ」

「ええ、わかったわ。じゃあ、前と同じようにするわ」

「俺もだ。ただし……内容は真面目にさせてもらうぞ？」

ゼノスはしっかりと頷く。

「それはもちろんだ。さて、アレスが出来がいいとは聞いていたが……まさか、氷魔法が使えるとはな。それは書いてなかったな？」

……ここで嘘をつくのは得策ではないか。

正直言って五年経ったから、ゼノスの人となりが変わっているかと思っていた。だから、最初は隠すつもりでもあった。

しかし、こうして会ってみて……以前のまま……いや、妻を失う前の奴に戻ってる気がする。

「すまん、実は知っていた。しかし、情が湧き、できれば自由に過ごさせたいと思い、手紙には書かなかった。何より……ゼノスを信用しきれなかった──すまん！」

「ごめんなさい！　あと、エリゼは悪くないの。私たちが黙っててってお願いしたの」

私とシエラは並んで頭を下げる。

「……頭を上げてくれ──友よ」

「ゼノス……ああ」

「ええ、わかったわ」

ひとまず安心し、二人で顔を上げる。

「……無理もない。突然子供を預け、そのまま五年も放置しているような親だ。俺は怖かった、大切な人が側にいることを。いや……言い訳だな。俺は逃げたんだ……愛する妻を失ったという悲しみから」

ゼノスは、皇族の血を引いていた。

しかし継承順位は低く、本来なら継ぐはずもなかった。

だが、当時の皇帝陛下が突然病死したことで、馬鹿な上の皇子《おうじ》たちが争いを起こし……最後には同士討ちをした。

終《しま》いには隣国との戦争にまで発展しそうになったところに、名前も大して知られていないゼノスが名乗り出て、継承権争いの終結と戦争回避をしたってわけだ。

無論、冒険者パーティーであった私たちも手伝ったが。

「いや、お前は良くやった。国を放って、ただの冒険者として生きることもできたはずだ。しかし、お前は民のために立ち上がり、皇位を継承することを決意した。私は友として誇りに思う……たとえ、そこに悲しい出来事があったとしても」

「ええ、そうよ。セリアだって、最後まであなたの身を案じていたわ」

「だが、セリアは俺のせいで！　俺と出会いさえしなければ！　俺がセリアを不幸にしてしまった！　最初から妻になどせずに、お前たちに預けていれば！　俺が、彼女に側にいてほしいと願ったばかりに！」

ゼノスはテーブルを強く叩き、嗚咽《おえつ》を漏らす。

……セリアは、私たちのパーティーのメンバーで、土属性魔法使いだった。

明るく、元気で、みんなを笑顔にするような女性だった。

不器用だが、他人のために動くことができるゼノス。そんな彼と惹かれ合って恋に落ちた。

騒動の際は、皇位を継承するゼノスについていき、皇妃の一人になると決意した。平民に過ぎない自分は望まれてもいないし、側室という待遇であったとしても。

平民であるセリアを妻に迎える条件は、シンプルだった。

それは、先に確かな血筋の貴族の正妃を迎え、その正妃と子供を作ること。暗にそれは、セリアとの間に生まれた子は跡継ぎにさせまいとする、古い皇族の意向があった。

「ゼノス、それは違うわ。同じ女として、好きな人の側室になるのは辛いとは思うけど……親友として断言するわ、セリアは後悔などしていないって。大好きなあなたの側にいたかったから」

「し、しかし……俺は……くそっ！」

「ゼノス……」

最初は良かった。国が混乱していたし、正妃に男子が生まれたから。

しかし、平和になるにつれて……セリアの存在を面白く思わない奴らがいた。セリアは平民だから、皇族に相応《ふさわ》しくないと。

国が大変な時に、奴らは何もしてなかったのに。

国が安定してきた直後、セリアは何者かに大怪我を負わされた。そして、それを守ろうとしたゼノスも利き腕を負傷した。

狙われた理由は……セリアが妊娠していたこと。そして、その子供は男子だろうという噂が流れたため。

なんとか出産をしたものの、セリアは……帰らぬ人になった。

「俺はどうすれば良かった？　あれは正妃がセリアを狙ったわけでもないし、ただ一部のアホどもが暴走しただけだった。奴らには相応の報《むく》いを受けさせたが……セリアが帰ってくることはない」

「アレスは、お前たちによく似てるよ。姿はセリアで髪の色はお前に。性格は、お前とセリアのいいとこ取りだ」

「ああ、姿を見た瞬間わかったよ……セリアそっくりだったからな。そうか、あんなに大きくなってるとは」

「手紙では聞いていたが、あの子も大きくなったな」

あのアイラという女の子は、ゼノスの子供どころか、皇族の子供でもない。

黒髪という珍しい髪色だったセリアの子供と誤魔化《ごまか》すために、わざわざ見つけて用意した女の子だ。

そうすれば、アレスの存在を隠せると思って。

女の子であれば継承権がないので、狙われる心配もない。

「ああ、手を焼いてる」

「随分と可愛がってるな？」

「……俺を笑え。妻を失い、子供を捨て……身代わりの子供を用意した。そして、その子供に愛情を感じてしまった俺を……自分でも驚いてる。家に帰ってあの子がいると、安らいでる自分に」

「いや……その気持ちはわかる」

「ええ、私たちもよ。アレスは、私たちの子供だもの」

「そうか……あの子は幸せか……それだけが救いだ。しかし、場合によっては……」

「ああ、わかっている。皇子の数が少ない以上、保険は必要だろう」

この国の後継は、正妃の子供である皇子一人しかいない。皇子の候補が一人しかいない理由は色々あるが、一番の理由は継承争いを起こさないためだろう。

ただし、そうした事情のため、正妃の子に何かあった場合、アレスが継ぐことも考えられる。

「……すまん、自分勝手なことを言ってるのはわかってる。俺はどうしようもない父親だ。捨てたあの子に重荷を背負わせようとしてる」

「頭を上げろ、ゼノス」

「そうよ。それに、決まったわけじゃないわ。今は、再会を喜びましょう」

すると、玄関から……もう一人の友の声がする。

「おーい！　上がるぜ！」

「ああっ！　勝手に入ってくれ！」

私が返事をすると、ランドが部屋に入ってくる。

「皇帝陛下、お久しぶりです」

「おいおい、お前までやめろって」

「ははっ！　……元気そうで安心しやした」

「お前には、本当に苦労をかけた」

「気にしないでくだせい」

何を隠そう、アレスをここに連れてきたのはランドだ。

ランドは皇都に残って冒険者をしていた頃、ゼノスに頼まれた。皇都に残らないといけないゼノスに生まれて間もないアレスを託されて、俺のところにやってきたってわけだ。

結果的に依頼を終えたが、この領が気に入ったのか、そのまま住み着いている。

「ほら、ランドも座れ」

「おう！　酒でも飲むか！」

「あら、いいわね」

「まったく、お前たちときたら……」

「ゼノス、色々と考えることはある。だが、今だけは……昔のように」

「ああ、そうだな……うし！　ランド！　飲み比べといこうかぁ！」

「おうよ！　望むところだっ！」

ランドが来たことで場が明るくなり、昔のように馬鹿みたいにはしゃぐ。

とりあえず、最悪の事態は避けられた。

だから今は、もう少しだけ……このままで。

15　新しい魔法

少し人気《ひとけ》のない場所を通り、かつて母上と来た修道院に併設されている孤児院へと向かう俺――アレスとアイラ、そしてエリゼ。

「どうして、ここには人通りが少ないの？」

「エリゼ、どうしてかな？」

「そうですね……難しい問題です。まずは、一つだけ言っておきますと、旦那様が差別をしているわけではございません」

「「ふんふん」」

……あらら、アイラと相槌《あいづち》が被っちゃった。

「……仲良しですね」

「ち、違うわよ！」

「あれ？　違うの？」

「ち、違くないわよ！」

「……どっち？」

「し、知らない！」

うーん……女の子って、よくわからないや。

というか、同世代と関わるのも初めてだし。

「どうやら、そちらの才能はなかったようですね。それを安心するべきか、怖れるべきなのかは判断がつきませんが……」

「エリゼ？」

「コホン！　なんでもありません……この辺りに人が少ない理由の一つは、出自の知れない者が多いこと。いわゆる、親が誰かわからないとか、どこから来たかわからない者ですね。なので、もしかすると、何か問題が起きる場合がございます」

「まあ……それはそうだろうね」

「ふーん、そういうものなのね」

「ええ、そうです。だから、孤児院は孤児の多いエリアから少し離れたところに建てられているんです」

「なるほど、それなら理にかなってるね」

「ふーん……難しい話はいいから行くわよ！」

「それもそうだね」

そのあたりは父上が上手くやるだろうし、俺はお手伝いくらいできたらいいよね。

少し歩くと……。

「あっ！　誰か来た！」

「ほんとだっ！」

孤児院の外にいる子供たちが反応する。

すると、その中にいる四十代くらいの女性が近づいてくる。

「エリゼさんと……領主様の息子であるアレス様ですね。そちらの方は……なるほど、ゼノス様のお嬢様であるアイラ様ですね」

「あれ？　僕と会ったことありますか？」

「わ、わたしは、会ったことないわよ？」

「これは、申し遅れました。私の名前はリラといい、この孤児院を任されております。この間はたまたまいなかったのですが、普段はここで働いております。奥様から聞いていたので、お二人が来ることは知っておりました」

なるほど、母上が使いの者でも出してくれたのかな。

「そうなんだね。アレスです、よろしくお願いします」

「アイラよ！」

「はい、よろしくお願いいたします。あなたたち、挨拶をしなさい。言っておきますが、この方々は貴族ですからね？」

「え、えっと……よろしくお願いいたします」

「よ、よろしくお願いいたします！」

挨拶するように促された子供たちの姿はガチガチで、とてもじゃないが友達にはなってくれそうにない。

俺としてはこれから孤児院に通って、友達とかできたらいいなって思ってるんだけど。

「いや、もっとリラックスして……」

そう口にして近づこうとすると、エリゼに止められる。

「アレス様、そこまでです」

「エリゼ？」

「今日は挨拶にだけ来ましたので、また来るとします」

「……ええ、その方がいいかと思います」

強引にそう言うエリゼに連れられ、来た道を戻った。


「お二人とも、申し訳ありません」

「わたしは気にしないわ。あんまり、面白そうな場所ではなかったし。あと……拒絶された気がしたから」

「えっ？　……あれって、そういうことなの？　僕は行っちゃいけなかった？」

「いえ、誤解を招いてしまい申し訳ありません。リラ殿に、そういった意図はありません。これからも孤児院に行くことは構いません。ただ、アレス様は自覚してください。自分が、貴族であるということを」

「どういうこと？　どうして、急にそんなことを言うの？」

確かに、うちの家は貴族で領主だ。

だけど、割とフランクな付き合い方をしている。村の人たちとだって、俺は普通に会話するし。

「アレス様も五歳になりましたし……そろそろ、覚えてまいりましょう。普通の子供とは違うということを。彼らとは親しくしてもいいですが、一線は引かないとなりません」

「……でも、ランドさんとかは？　商店街の人たちとかは……」

「それは、彼らが大人だからです。だから、いい意味で線引きをしております。ですが、子供にはできることではございません。皆が、アレス様のように賢いわけではないのです」

「それは……」

確かに、俺は転生してるから普通の子供よりは賢いだろう。多分、ここまでは平気っていうラインを無意識にわかってる。

でも、普通の子供にはわからないかもしれない。

「何より彼らの中には、いずれ村を出ていく者もいます。魔法の才能や戦いの才能がある者なら、皇都に行くことも。その時に、貴族に会ったらどうしますか？　普段から、貴族と馴れ馴れしくしていたら？」


「……普段通りに接して、罰せられる可能性がある？」

「その可能性は否定できません。気をつけていても、人は日常的にしてることが無意識に出る生き物です」

「……うん、そうだね」

「それが、彼らのためとなるのです」

「そっかぁ……ここにいる限り、友達はできないってことだね」

すると……アイラが、急に俺の手を握る。

「アイラ？」

「だ、大丈夫よ！　わたしがいるじゃない！」

「……ありがとう」

その手は震えていて、目は真剣そのものだ。

それだけで、アイラが本気で心配して、俺を想っていることが伝わってくる。

アイラの言葉に、俺は救われたのだった。

俺は、エリゼの言葉を改めて考える。

……貴族としてかぁ。俺は、もっと自由がいいなぁ。もちろん、身分による差っていうのはわかる。それが世の中を作っているし、それが必要な部分もあるってことは。

でも……最低限の礼節は必要だけど、もっと気軽に仲良くやっていけたらいいよね。

そのためには、色々と経験を積んでいかないといけないかな？　色々な人と出会ったり、色々な場所に行ったりとか。

「うーん……そのうち皇都に行って、まずは冒険者にでもなろうかなぁ」

「えっ⁉　皇都に来るの⁉」

「いや、まだわからないけど。行くとしても、数年後って感じかな」

理由はよくわからないけど、家族たちは俺に領地にいてほしくない……わけじゃないけど。もしかしたら、俺に独り立ちしてほしいのかも。

まあ、実家に寄生する末っ子で、よくよく考えたら外聞《がいぶん》が良くないし。

ある程度領地に貢献できたら、出ていくことも視野に入れていこうかな。ここにいても、友達はできないみたいだし。

「い、いい考えね！　その時は、わたしが案内してあげる！」

「えっ？　でも、あんまり外に出られないんじゃ……」

「そ、その時までには出られるようにしておくわ！」

「そっか……じゃあ、お願いしようかな」

「任せて！」

まあ、アイラって友達ができたからいいかな。

そんなことを考えつつ、家に帰ってくる。

そこには……酔っ払いたちがいた。

「あははっ！　まったく！　お前ときたら！」

「うるせぇ！　ゼノス！」

「こらこら、お前たち……うぃっく」

「あらあら、みんな酔っ払って……」

四人は何が楽しいのかわからないが、とにかく盛り上がっている。

「お、お父様が酔っ払いに……」

「僕も、あんな父上見たの初めてかも」

エリゼがため息混じりに言う。

「はぁ……仕方のない方々です。お二人とも、疲れてませんか？」

「少し疲れたわ」

「まあ、僕もかな」

「では、二階でお昼寝しましょうか。あれに巻き込まれる前に」

「「うん」」

俺たちはこっそりと二階に行き、それぞれの部屋に行く。

アイラは、ゼノスさんと一緒に泊まる空き部屋に。

俺は自分の部屋……ちなみに、前は兄さんが使っていた部屋だ。

布団に入った俺は、すぐに眠気が来て……夢の中へ。

＊＊＊

……眠れない。

疲れてたけど、少し興奮しているのかも。

そう思って、わたし——アイラは呟く。

「……不思議な男の子よね」

今日会った、アレスという男の子のことを考える。

あの時、もうだめだと思った。

初めて皇都から出て、お父様と楽しい旅をして……そしたら、急に黒い服を着た人たちが襲ってきた。

怖くて……わたしが無理やり連れてってと言った罰かと思った。

お父様の友達って人が来たけど、苦戦してて……。

「そんな時に、あの男の子が来たのよね」

見たこともない魔法を使い、なおかつ冷静な判断力を持ってた。

まだ戦いの経験がないわたしにもわかるくらいに堂々としていた。

「……カッコいいって思っちゃった。あと、少し悔しいって」

わたしは怖くて震えてたのに、あの子はそんなこともなかった。

「だから、初対面なのに……つい、きつい口調になっちゃった」

本当はすぐに友達になりたかった。

だって、ずっと楽しみにしてたから。

旅の途中でお父様が言ってたから……友達になっていいって。ここでなら、誰もわたしたちの正体を知らないし、ここでなら自由にしていいって。

「わたしは、皇女だから友達はできないし。あと、髪の色が変だから……あんまり、人も寄ってこない。変かな？　わたしは、この色気に入ってるんだけど」

わたしは、人目が怖くてなかなか外に行くことができなかった。正面から言ってくるなら言い返せるけど、ただ遠巻きにされるだけだから。

「でも、アレスは褒めてくれたわ」

初めて綺麗だって言われて嬉しかった。

本当は嬉しかったのに、なぜかお礼も言えなかったけどね。

なのにアレスったら全然怒らないし、私が剣を学んでることも否定しなかった。

メイドに対しても優しいいし、平民に対しても優しかった。

「自分と歳も変わらないのに、正直言って……凄いなって思った」

わたしの方がお姉さんなのに、アレスの方がずっとお兄さんに見えた。

「でも……孤児院を出て、色々と諭されている時のアレスは小さく見えた」

寂しい顔をしてたから、思わず手を握っちゃった。

そこで気づいた……アレスも、わたしとおんなじなんだって。ここでは一番偉い貴族の子息で、友達もいなくて寂しいんだって。

……少ししかいられないけど、いっぱい遊んであげようっと。

森に行ったり、魔物も倒したり、一緒にご飯食べたり……えへへ、楽しみね！

＊　＊　＊

結局、昼寝から起きたあともひどかった。

夕飯を食べながらも、大人たちは呑んで騒いで歌ってるし。

なので俺——アレスとアイラは二階で本を読んだり、エリゼから魔法について教えてもらったりしながら夜を過ごした。

本当はゼノスさんに話したいことがあったけど、明日に持ち越すことにした。

氷魔法のことや商売もそうだけど、皇都の学校のことや冒険者についても聞きたい……でも今話したところで、絶対に覚えてないだろうし。


そして翌日の朝、俺が布団から起き上がろうとすると……。

部屋のドアが、大きな音を立てて開かれる！

「アレス！　朝よ！　起きなさい！」

「ふぁ……おはよう、アイラ。朝から元気だね」

「ふふん、わたしが起こしに来たんだから感謝してよね。こんなことしたことないんだから……アレスが特別よ、その、友達だし」

……なんか、いいね。

こうして、起こしに来てくれる女の子がいるって。

まるで、前世で言うところの幼馴染《おさななじ》みみたいだ。

「うん、ありがとう。それじゃあ、一緒に下に行こうか」

「ええ！」


何やら朝から元気のいいアイラを連れて、一階のリビングにへ下りると……。

そこには、母上とエリゼの姿しかなかった。

「あれ？　みんなは？」

「まだ、みんな寝てるみたいだわ。さっき、お父様が唸《うな》ってたし」

アイラに続いて、母上、エリゼが話す。

「ランド以外の男性陣は死んでいるわねー。まあ、仕方ないわ」

「ランド殿は先に帰りましたし、奥様はお酒にお強いですからね」

「まあ、私はなぜか知らないけど酔っ払ったとしても、すぐに酔いが醒《さ》めるから。昔から、不思議よね」

……うん？　そういえば、酔いは……治せないのかな？

「酔いは、回復魔法で治せないのですか？」

そう問うと、母上は首を傾げる。

「えっ？　……どういう意味かしら？　酔っ払うのは怪我でも病気でもないし」

「でも、体の異常ですよね？」

「……言われてみればそうね。多分、そう考えた人もいると思うわ。ただ、どういった原理で酔うのかわかってないから難しいわ」

そうだった。この世界は科学や医学があまり進歩していない。だから、身体の構造や性質などをまだ理解しきれてないのだ。

「僕が試してもいい？」

「えっ？　い、いや、それは……」

「奥様、やらせてみましょう。固定観念がない子供なら、何かあるかもしれないです。この歳で回復魔法をここまで使える者など、アレス様以外に見たことがありませんし」

「そうよねぇ……アレスったら、傷口を綺麗に治すものね。本当は、もっと鍛錬を重ねるものなんだけど」

まあ、そりゃ前世の知識があるからね。多少、身体の構造や科学の知識もあるから、治すイメージはしやすい。

そこへ、アイラが言う。

「わたしは、お腹減った……減りました」

「ふふ、そうね。じゃあ、先にご飯にしようかしら」

「そうですね。仮に治せたとしても、もう少し苦しんでもらい、反省してもらわないと」

というわけで、ひとまず四人だけで朝ご飯を食べる。そのあとに、父上たちが雑魚寝《ざこね》している部屋に行った。ちなみに、俺が赤ん坊の頃に寝ていた広い部屋だ。

そこには……崩れ落ちたおっさんたちがいた。

「うぅ……俺としたことが……」

「あ、頭が……今日も仕事があるというのに」

……うん、尊敬できる人たちだけど、こうはならないようにしよう。

「ア、アレス？　どうした？」

「旦那様、実は……」

エリゼが、俺が回復魔法で酔いを醒ませるかもしれないということを説明すると……。

「……なるほど」

「ほう？　そんなことが可能なのか？」

「わかりませんけど……」

「まあ、いい。私が実験台になろう」

そう言ってくれたのは、父上だった。

「父上、いいのですか？」

「ああ、何かあってもシエラがいるしな」

「では、失礼します」

父上の肩に手を置いて、精神を集中する。

えっと、二日酔いの原因となるのは、アセトアルデヒドだったはず。それを除去すれば、二日酔いは治る……体内から原因物質だけを取り除くイメージ。

回復させる必要はない、ようは魔力によって取り除けばいいだけだ。

「かの者に宿る異物を取り除け――リムーブ」

「ん？　……おおっ！　これはっ！　嘘のように頭が軽くなった！」

ほっ、どうやら成功したみたいだ。

「な、何っ!?　では、俺にもやってもらえるだろうか？」

「はい、もちろんです」

同じように、ゼノスさんにもリムーブをかけてあげる。

「……頭が痛かったのが嘘のようだ。これは馬鹿にできないぞ……仕事柄、飲み会に参加しなくてはいけない人たちもいる。何より、次の日を心配しなくていいのは助かる」

「これを魔石に込められるか試したいですね。あと、氷魔法とかも。そうすれば、色々と使い道があるのではないかと」

「なるほど……グレイ、此奴《こやつ》は麒麟児《きりんじ》かもしれない」

「……そうか。いや、もうわかっていた。それに、今のお前なら任せられる」

「えっ？　なんの話ですか？」

二人が顔を見合わせて頷く……まるで、何かを確認するように。

そして、父上が俺の質問に答える。

「いや、もしアレスが皇都に行くことがあったら、ゼノスに世話をしてやってくれと頼んだんだよ」

「ああ、そういうことだ。その才能なら、皇都の学校でもやっていけるだろう」

話が勝手に進んでる。

ゼノスさんに続いてエリゼが言う。

「アレス様。私が昨日、お二人に話しておきました。アレス様が、そのうち皇都に行こうかなと言っていたことを」

「ああ、そういうことなんだね。では、その際はよろしくお願いします」

「ああ、任せるといい」


その後、朝食を食べる父上、ゼノスさんの横で、アイラと今日の予定を立てる。

「今日はどのようなご予定ですか？」

「うーん、うちには特に遊ぶところはないし……」

「わたしは、アレスと森に行ってみたいわ。それで、魔物を倒すの。こ、今度こそ、お父様を守るために」

その言葉に、俺は共感する。

怖いけど、大好きな父親の役に立ちたいっていう気持ちが伝わってきたからだ。

「アイラ……僕からもお願いします」

「アレス……。お、お願いします！」

俺とアイラを、父上とゼノスさんがじっと見ている。

「ふっ、グレイ……子供の成長は早いな」

「ああ、まったくだ。エリゼ、二人を頼む。二人とも、エリゼの言うことを聞くこと……いいな？」

俺とアイラは頷き合い、返事をする。

「「はいっ!!」」

「いい返事だ。アレス君、娘をよろしくな」

「大丈夫です、アイラは僕が守ります」

「な、何言ってるのよ！　わたしが守るんだから！」

「いや、僕が守るよ」

「何よ？　女だから？」

「ううん、友達だから。あと、僕がアイラを守りたいから」

「う、うぅ……わ、わかったわよ！」

「ははっ！　良きかな！　では、気をつけて行くといい」

許可を得た俺たちは、エリゼと共に森へと向かうのだった。

16　格上との戦闘

森に入ったら、まずは小屋に向かう。

「ここが狩りの拠点です」

「ふ、ふーん、そうなのね……魔物はどこ？」

よく見ると、アイラの身体は震えている気がする。

「大丈夫だよ、アイラ。僕もいるし、エリゼは強いから」

「な、なんのこと？　……別に平気よ」

「そっか、なら良かった。でも、一人じゃないからってことだけ」

「……うん」

するとエリゼが言う。

「今、アレス様はとてもいいことを言いました。そう、戦いとは一人でやるものではありません。やむを得ない状況もありますが、基本的には仲間と一緒に戦うものです。お二人は冒険者になるということですので、なおさらですね」

「ふんふん」

「わ、わかったわ」

「幸いにして、アイラ様は剣士、アレス様は魔法使いです。相性のいい組み合わせなので、そのままパーティーを組めるでしょう」

「そうかも。アイラ、冒険者になったらよろしくね」

「し、仕方ないわね！」

「それでは……早速、来たようですね」

エリゼがそう言ってから、数秒後……ガサガサという音が聞こえてくる。

そして、草木の向こうからゴブリンが一体現れる。

「ギャキャ！」

「き、来たわ」

「ゴブリンは弱いのでご安心を。油断さえしなければ、子供でも倒せますから。逆を言えば、ゴブリン程度倒せないと話になりません。先ほど、一人では戦わないようにと言いましたが、今回はゴブリン一体なので、一人でやってみましょう」

「そうだね。えっと、まずは僕がやる？」

アイラは実戦はしたことないって言ってたし。

「や、やるわ！　お、お姉さんだもん！」

「……わかった。じゃあ、僕がフォローに回るね」

「それがいいでしょう。さあ……来ますよ」

ゴブリンが、小屋の方へゆっくりと近づいてくる。震えるアイラにエリゼが声をかける。

「アイラ様、剣を構えて」

「う、うん」

「そして、弱いうちは自分から攻撃せずに、相手をよく見てください。基本的には、相手が攻撃したあとの隙を突くのです」

アイラは言われた通り剣を構え、ゴブリンを待つ。そして膝を少し曲げて姿勢を低くして、両手で剣を構え直した。

その格好は、やけに様《さま》になっていた。

「なるほど……いい構えです」

「うん、そうだね」

「すぅ……」

集中しているのか、俺たちの声も聞こえてないみたいだ。

俺も見習って、いつでも魔法を撃てる態勢に入った。

＊　＊　＊

……怖い。

初めて間近で見る魔物に、わたし――アイラの身体は震えてしまう。

なので、剣を強く握りしめる。

……大丈夫、一人じゃないもん。後ろにはアレスがいる。

わたしのことを友達だって言ってくれた、カッコよくて凄い男の子が。

お父様が驚くような新魔法だって開発しちゃうし、森に入ってからもリラックスしてる。

わたしは、怖くて仕方ないのに……悔しい、負けていられない。

これからも、アレスと友達でいたいから。

大丈夫、わたしだって戦える！

「すぅ……」

するとゴブリンが急に走りだす！

「ギャキャ！」

ゴブリンが振るう木の棒を、右に動き、冷静に躱《かわ》す。

「アイラ様！　今です！」

「ヤァ！」

「ギャァ⁉」

両手で剣を振った……血が出てるけど、まだ生きている！

斬った感触が残ってる……なんか、気持ち悪い。

「ど、どうしよう⁉」

「アイラ、落ち着いて。大丈夫、もう弱ってる。相手をよく見て」

「……確かに」

冷静になって見てみると、相手はふらついている。

「アイラ様、とどめを――できますか？　無理はしないでいいですよ？」

「で、できるわよ！」

い、生き物を殺す……だ、大丈夫、できるもん。

アレスに、カッコいいところ見せたいもん……頼りになるって思われたい。

そう思うと、不思議と怖い気持ちが薄れてくる。

「ギャキャ！」

「最後の抵抗です、慌てず、確実に。来たところで、剣を思いきり振り下ろしてください」

言われた通りに、ゴブリンが近づくのを待って……。

「ギャキャ！」

「ヤ――ヤァァァ‼」

思いきって、剣を振り下ろす！

「ギャ……ガ、ガ、ガ……」

胴体から大量の血を流して、ゴブリンが倒れる。

……できた？　倒した？　――殺した？　わたしが？　気がつくと、剣を落としていた。

「あっ……」

「アイラ！　凄いや！　初めてなのに倒しちゃった！」

恐怖で震えそうになったところに……アレスが抱きついてくる。

「と、当然だわ！」

不思議と気持ちが落ち着いてくる。

……この気持ちはなんなんだろう？

＊　＊　＊

……凄いや。初めての戦闘なのに、魔物を倒しちゃった。

堂々としてたし、きちんと冷静に見えた。アイラは俺――アレスとは違って、普通の六歳なのに。ちゃんと、とどめを刺すこともできた。

……これは、俺も負けていられないね！

エリゼが言う。

「いい動きでしたね」

「あ、ありがとう……そ、それより、そろそろ離れなさいよ！」

「おっと、ごめんね」

つい興奮して抱きついちゃったけど、相手は子供でも女の子だった。友達だけど、その辺は気をつけないとね。

「べ、別に嫌ってわけじゃなくて……」

「わかってるから大丈夫だよ」

「そ、そう？　ならいいけど……」

「はい、静かに。嬉しい気持ちはわかりますが、まだ森の中です。敵はいつ来るかわかりませんので、決して油断しないように。これは、冒険者の基本でもあります。ちなみに――それを怠った者から死んでいきます」

「「ゴクッ……」」

その言葉には迫力があり、二人して、思わず息を呑んでしまう。

「わ、わかりました」

「わ、わかったわ」

「ならいいです……ほら、早速来ますよ。奴らは無限に湧く魔物ですから、格好の練習台になります。まずは戦闘と、殺すことに慣れてください」

「ず、随分とスパルタだね？」

「そ、そうね」

俺たちはまだ子供で、本来なら狩りは、早くても八歳、普通は十歳くらいから始めるものだ。冒険者登録ができるのも、確か十歳からだったはずだし。

「こういうのは、早ければ早いほどいいというのが持論なので。それに、お二人には強くなっていただきたいのです。それが、親御さんの願いでもありますし」

「強く……そうだね、それは僕も望むところだよ」

「わ、わたしもよ！」

「いい返事です……さあ、もう来ます。次は二体いるので、アレス様がとどめを。アイラ様は前衛をお願いします。アレス様はあっさり魔法で倒さずに、コンビネーションを意識してください」

アイラと顔を見合わせて頷き、敵が来るのを待つ。

すると、ガサガサという音が聞こえてくる。

「ギャキャ！」

「ギャア！」

そして草むらから、二体のゴブリンが現れる。

「アレス！　わたしが前に出るわ！」

「うん！　魔法を放つタイミングは、アイラに任せる！」

アイラが頷き、地を這うように駆けだす！

そして、そのまま手前にいたゴブリンを一閃《いっせん》！

「ヤァ！」

「グキャ!?」

一閃を浴びせたあと、素早く後方に下がる。

猫みたいというか、踊るような感じだ……さっきとまるで動きが違う。

速いし、硬さが取れてる気がする。

あの一回の戦いで、恐怖も克服した？

多分、天賦の才能がありそう……凄いや、アイラは――負けてられないね！

「今よ！」

「うん――アイスバレット！」

「グキャ!?」

俺の放った氷の弾は、ゴブリンの頭を貫き……ゴブリンが地面に倒れる。

……魔法で倒す分には、まるで問題はなさそうだね。

すると、もう一体のゴブリンがアイラに襲いかかる！

「グキャ！」

「喰らわないわ！」

アイラは、敵の攻撃を避けることに徹している。

「アレス様、次はあなたの番です。剣で倒してください」

「……わかった」

俺は鞘《さや》から小さい剣を抜き、両手で構える。

「悪くない剣なので、力は大していりません。むしろ、余分な力は妨《さまた》げになります。小指と薬指で握るイメージで、他の指は添える感じです。そして大事なのは、振り抜くことです」

そうだった……剣道でも、そう習った。

アイラみたいな剣技はできないけど、基本通りの剣技ならできるはず。

「アイラ！　隙を作って！」

「わかったわっ！」

俺の言葉と同時に、アイラはゴブリンに向かって駆けだす！

「ギャギャ！」

ゴブリンが木の棒を振り下ろしたところを、彼女は一歩下がって躱《かわ》し……。

「ヤァ！」

「ギャ⁉」

無防備なところを、剣で斬りつける！

その時には、俺はもうゴブリンに迫っていたので、大きく息を吸い……。

「すぅ――ハァァァァ‼」

思いきり良く、剣を振り抜く！

「グギャ――!?」

ゴブリンの胴体から血が溢れ、俺にかかる。

「ひっ!?」

「へ、平気よ！　ただの血よ！」

「う、うん」

地面に倒れたゴブリンはピクリとも動かない。

斬った？　殺した？　俺がやった？

「うっ……」

今さら斬った感触が蘇《よみがえ》ってきて、吐きそうになる。

「だ、大丈夫よ！」

すると、アイラが強く抱きしめてくれる。

「ご、ごめん、アイラはきちんとできたのに……」

「そ、そんなことないわ！　……アレスにカッコいいところ見せようと思って……あと、わたしが頑張れば、アレスも頑張れるかなって……本当は、今も怖いもの」

……そうだったんだ、アイラも怖かったんだ。

なら、僕もカッコ悪くても頑張らないと。

「じゃあ、二人で頑張ろうか？」

「う、うんっ！」

一人なら、きっと耐えられなかったかもしれない。

でも、同じ気持ちのアイラがいれば、怖さは薄れていく気がした。

＊　＊　＊

……慣れって怖いなぁ。

次々と現れるゴブリンを二人で倒していく。

「セァ！」

「グギャ⁉」

アイラの動きがみるみるうちに良くなっていき、舞うように剣を振るっている。

ただ……あの戦い方なら、剣より刀の方が向いてそうだね。

アイラに任せて一度下がり、少し休憩することにした。

エリゼにアイラの才能について話を振ってみる。

「凄いね」

「ええ……予想外ですが、剣を扱うことに関しては天賦の才があるかと。これから、いい師と友に巡り会えれば、ひとかどの人物になれそうです……それがいいかは別として」

「ん？　どういう意味？　女の子だから良くないってこと？　でも、それならエリゼだって強いよね？」

「私は護衛を生業《なりわい》としていますから。……商人の娘としてはどうかなと思った次第です。言い方は悪いですが、商人とはいえ有力貴族と婚姻させる場合もありますから」

「ああ、そういうことね。でも、そんなお父さんには見えなかったけど？」

とっても、アイラを愛しているって感じだったし。それとも、それとは別ってことかな。

「……まあ、今は考えなくていいでしょう」

そこへ、アイラの大声が響く。

「ちょっと!?　休憩長くない!?」

「わわっ!?　ごめんなさい！」

俺も剣を構えて、ゴブリンを斬っていく！

その隙に、アイラが後ろに下がる。

「グキャ!?」

「とどめだよ――ハァ！」

「ガ、ガ、ガ……」

腹から血を流し、ゴブリンが倒れる。

その姿を見るのは、もう十回を軽く超えている。

斬る感触とともに、嫌でも慣れてくるって感じだ。


その後も、戦いを続けていると……。

「アレス様！　アイラ様！　今すぐに下がってください！」

「わ、わかった！」

「わかったわ！」

エリゼの真剣味を帯びた声に反応し、二人で急いでエリゼのもとに戻る。

「……来ましたね」

エリゼが言葉を発すると同時に、ズシン、ズシン、という音が聞こえてくる。そして、草木をかき分けて……大きなゴブリンが顔を出す。

俺たちが今まで倒していたのは、俺たちの背丈よりも小さいくらい。でも、今現れたのはどう見ても、一メートル以上はある。

大人から見たらともかく、俺たちからしたら大きいサイズだ。

「ゴァァァァ！」

「お、大きいわ……」

「そ、そうだね……」

「あれが、ゴブリンジェネラルです。ゴブリンの群れのボスと考えて結構です。あれを倒せば、一つの群れを潰せるということです。きっと、手下を大量に殺されたので出てきたのでしょう」

「そういうことか」

「ど、どうするの？」

「……やってみますか？　本来なら、子供が相手をするような敵ではないですが。幸いにして、私がいますので。すぐに殺せる準備はしておきます」

……安全が確保された中での、格上との戦い。

それが恵まれてるっていうのは、俺でもわかる。

「アイラ、やろう」

「アレス……そ、そうね！　わたしたちなら余裕ね！」

「決まりですね。では、アイラ様は前衛を、アレス様はフォローに。恐れる必要はありません。所詮少し大きいゴブリンですし、私がいます」

その言葉に二人で頷き……同時に駆けだす！

「ゴァ！」

すると、ゴブリンジェネラルが棍棒を振り下ろす！

その速度と威力は、ゴブリンとは桁《けた》が違う！

「きゃ!?」

「ア、アイラ⁉」

「へ、平気よっ！」

「ゴァ！」

「アクアボール！」

咄嗟に魔法を放ち、相手を怯《ひる》ませる！

「ゴァァァ……」

「さすがにダメージはなしか。でも、止まったね」

少しは知能があるのか、相手は警戒して少し立ち止まっている。

そこで改めて視線を向けると、棍棒が当たった地面は凹《へこ》んでいる。

子供の俺たちに当たれば、大怪我を負うだろう。

……無策で近づくのは危険だね。

「アイラ、土魔法は使える？　昨日の夜、少しだけ教えたよね？」

酔っ払いたち……いや、父上たちが宴会している間に、アイラと魔法の話をした。その時に、魔法を遠くに飛ばすことができないらしいと聞いた。

ただ土魔法であれば、それならそれでやりようはある。

「……どうしたらいいの？　わたし、魔法を飛ばすことができないわよ？」

「あいつが棍棒を振り下ろす瞬間に……」

相手に知能があるかもしれないので、耳元で囁《ささや》く。

「く、くすぐったいわよ！」

「ご、ごめんね……できる？」

「……やってみるわ」

「じゃあ、よろしく」

「……いくわよ！」

勢いをつけて、アイラが走りだす。

その隙に、俺は魔力を溜める——奴を倒せるだけの魔法を放つために。

「ゴァァ！」

迫ってきたアイラに向けて、棍棒が振り下ろされるが……。

「アイラ！　今だよ！」

「我が身を守れ——アースウォール《土の壁》！」

アイラの目の前に、高さ一メートルくらいの土の壁が現れる！

「ゴァ？？」

棍棒が土の壁にめり込み、一瞬奴の動きが止まる。

「アイラ！」

「わかってるわ！　……ヤァァァァ！」

壁の横から飛びだして……相手の腹に剣を一閃！

「ゴァァ!?　ガァ！」

血は流れたものの、奴は空いてる手でアイラを振り払う。

「きゃっ!?」

「アイラ！」

「へ、平気よっ！　ほら！　早く！」

「うん！　……氷よ、我が敵を射抜く槍となれ――アイスランス《氷の槍》！」

俺に背中を向けている敵に向かって、直径三十センチくらいの氷の槍を放つ！

この魔法の難点はスピードが遅いこと。

でも、傷を負って後ろを向いた状態なら……避けられないよね。

「ゴァァァ!?　……ァァァァ」

氷の槍によって、腹を貫かれたゴブリンジェネラルは地に伏せたのだった。


「……やったの？」

「た、多分」

二人して息を切らせて話していると、エリゼが声をかけてくる。

「お二人とも、お見事です。私の手助けなしで、ゴブリンジェネラルを倒せましたね。普通ならお二人の倍くらいの年齢で、なおかつ戦う鍛錬を積んで、ようやく倒せる魔物です。さらに新人冒険者の、最初の試練の魔物でもあります。つまり、強さだけで言えば、お二人はすでに冒険者の資格があります。ふふ、これは先が楽しみですね」

アイラが嬉しそうな顔をする。

「ふ、ふふん！　当然よ！」

「はは……まあ、頑張ったからね……あれ？」

あっ、フラフラする……。

そして……俺の意識は遠ざかっていく……。

17　一時《いっとき》の別れ

……ん？　ここは？

「あっ、起きたわ」

「気がつきましたね」

起き上がると、そこは小屋の中だった。目の前にはエリゼがいる。

「僕はどれくらい寝てた？」

「五分程度ですよ。魔力切れってわけでもなさそうでしたので、ここで休憩をしておりました。私も経験がありますが、一度に大量の魔力を使ったことによる疲労かと」

「確かに、魔力はまだまだ残ってる感じする」

「……まだまだですか、末恐ろしいですね」

すると、横にいたアイラが身を寄せてくる。

「す、凄かったわ！　アレス！　あの氷魔法！　綺麗だったし！」

「あ、ありがとう、アイラも凄かったよ。きちんと魔法を発動できたしね」

「あれはアレスが教えてくれたからよ。何も遠くに飛ばすだけが魔法じゃないって。剣士だったら、ああいう使い方もあるって」

「ほう？　アレス様が指示を？」

「まあね。魔法の使い方は色々ありそう」

「ふふ、それに気づけるとは……何より、アレス様」

「うん？　どうかしたの？」

「いえ、実は……そこにいる魔物を見てください」

「えっと……あれ？　金色鳥？」

部屋の端っこには金色鳥と、イノブタがいる。

「どういうこと？　物凄く珍しいんじゃないの？」

「……そのはずなんですが。あのあと、急に現われまして。それを咄嗟に仕留めたところに、またイノブタが現れまして……」

「前と同じパターンだね……どういうこと？」

「なになに⁉　なんの話よ！」

「えっと……」

「ひとまず、帰りましょうか。その道中に説明いたします」

「そうだね」

エリゼがイノブタを、俺が金色鳥を持っていく。


そして、家に帰る道で、アイラに説明をする。

「ふーん、珍しい魔物なの。それが、連続で現れたってこと？」

「まあ、そういうことだね」

「数年に一度しか見ない魔物が、数日に二度も……まあ、そういうこともあるかもしれないですけど」

不思議そうに話すエリゼに続いて、俺は言う。

「とりあえず、一つだけ確かなことがあるよ」

「何かしら？」

「これで友達のアイラに、ご馳走できるってこと！」

「そ、そう……まあ、食べてあげてもいいわ」

「うん！　任せてよ！」

何がいいかな？

この間はシチューだったけど、今回は丸焼きにする？

それもありだな……そうなると、オーブンで焼きたいね。

＊　＊　＊

そんなことを考えつつ、家に到着する。

すると、父上、母上、ゼノスさんの三人が家の外で待っていた。

「お帰りなさい……あれ？」

「おいおい……今日も金色鳥か⁉」

「ふむ……」

俺は首を傾げつつ言う。

「えっと、説明はあとにするとして……どうして、三人とも外にいるのですか？」

「いや、そのだな……」

「それはねぇ……」

「うむ、それは……」

すると三人はばつが悪そうに、そっぽを向く。

「旦那様たちは、お二人が心配だっただけですよ。ほら、それぞれ報告してください」

「あっ、そういうことか。アイラ、ゼノスさんに今日のこと言わないと」

「そ、そうねっ！　お、お父様！　あのね！　わたし！　魔物倒したの！」

「おおっ、そうか。そいつは立派だ、何より無事で良かったよ」

ゼノスさんはそう言い、アイラを抱き上げる。

……なんだろ？　何か、複雑な気持ちになる？

すると、父上が俺を抱き上げる。

「よくやったな、アレス」

「ええ、そうよ。アイラちゃんを、ちゃんと守ってあげて」

「ま、まあね！」

そっか、さっきのは羨ましいって気持ちだったのかも。

俺も褒められたいってことかな……我ながら、まだまだ子供だね。

その後、家に入り、事の経緯を説明する。

母上は聞き役に回り、静かに聞いている。

「なるほど、ゴブリンジェネラルを倒したのか」

「それは凄いな。もう、今すぐにでも冒険者登録ができるレベルだ」

「ええ。本人たちにも言いましたが、かなり早い段階です」

エリゼの言葉に、父上とゼノスさんは黙ってしまった。

「そうか……ゼノス」

「……いいのか？」

「ああ、ここまでの才能を腐らせるほど……馬鹿じゃないつもりだ」

ん？　なんだろ？　何やら、複雑な表情をしてるけど……。

俺は思わず口を挟む。

「なんのお話ですか？」

すると父上はすんなりと言う。

「いや、お前を……皇都にやる話だ」

「えっ？　い、今ですか？」

「いやいや、さすがに早すぎる。ただ本来であれば、十二歳前になったら行くものだ。しかし、お前ならもっと早くても問題ないと判断した」

「八歳になったら、もう皇都に行ってもいいだろう。おそらく、アレス君なら特別学校に入れるはず。俺の方からも、推薦をしておこう」

ゼノスさんにそう言われ、俺はパニックになりつつ尋ねる。

「特別学校ですか？」

「八歳から十二歳の、皇都に住む貴族の子息たちが通う学校だ。入学審査や学費も高いので、入ることは難しいが……色々なことを知ることができるだろう」

「そうなんですね」

「そこで優秀だと認められれば、特例で冒険者登録もできたりする」

そこへ、アイラが声を上げる。

「お父様！　わたしは⁉」

「お前は……じゃあ、苦手な勉強も頑張らないといけないぞ？　アレス君は、お前より賢いだろうし」

「わ、わかってるもん！　頑張るわ！」

「なら、あとは……アレス君次第だ」

皇都に冒険者……そりゃ、憧れはある。

ただ、ここを離れるのも……でも、ここにいたら、もしかしたら邪魔になっちゃうよね。何より、前よりも行きたいって気持ちが大きくなってきた。

多分、アイラって友達ができたから。

もっと、アイラと色々な冒険がしたいって。

「わかりました……僕としては行ってみたいです。母上、父上、申し訳ないです。この地を手伝うって言ってたのに」

「いいのよ、アレス」

「そうだ。お前は、お前の道を行けばいい」

「ありがとうございます。ですが、ご安心ください。三年あれば、領地に貢献することはできますから」

さっきの帰り道、ずっと考えていた。

どうして、金色鳥が現れたかってことを。

これを偶然と片付けるのはもったいない。

もし、俺の予想が当たっていれば……俺だけが、それを成し遂げられるはず。

＊　＊　＊

その後、母さんが用意したお昼ご飯を食べて……。

少し昼寝をしたあと、庭に出て早速実験を始める。

氷魔法が魔石に込められるかの実験をしたいと、俺はみんなにお願いしたのだ。そんなわけで、俺とゼノスさんとエリゼが実験するのを、他の三人は眺めている。

ゼノスさんが持っていた青の魔石を、俺に預ける。

「さて、では始めてみよう。それが使えるものならば、俺が買い取ろう」

「は、はいっ」

その目は真剣で、昨日までのふざけた感じはない。

これが、本物の商人って感じなのかも。

「まずは氷は水という前提は知っている。しかし、氷魔法を使える者など見たことがない。外から来る者たちからも聞いたことがない。もしできるなら……色々なことに使える。日持ちしない食材を凍らせて保存したり、暑い中作業する人たちにも使える」

まあ、商人さんとしては一番欲しいよね。

「やってみます」

イメージは冷たい氷……それを込める！

「……多分、できました」

ひとまず、エリゼに魔石を渡す。

「さて、エリゼ……やってくれ」

「はい……出ましたね」

エリゼが魔力を込めると、魔石から氷の粒が出てきた。

それが地面を凍らせる。

「おおっ！　成功だっ！」

「わぁ……！　アレス！　凄いわね！」

「ま、まあね」

失敗するとは思ってなかったけど良かった。

「これを量産できれば……うむ」

「ゼノスさん、いくらで買い取ってくれますか？　ちなみに、お金のことは知ってます」

この世界の通貨は、硬貨制度だ。

白銀貨、大金貨、金貨、銀貨、鋼貨、鉄貨、銅貨の七種類ある。日本円に例えるなら、一千万円、百万円、十万円、一万円、千円、百円、十円といった感じだ。

普通の市民が一ヶ月生きるには、銀貨が数枚あれば生活できる。

前の世界に例えると、昭和時代後期くらいのイメージかな。あの時のお給料は、サラリーマンは月三万くらいだったって聞いたことあるような。

「そうだな……お主しか使えないという価値。そして、魔石を買い取る利益を差し引いて……これを量産するんであれば……それでも、鋼貨一枚は支払おう」

この世界では貴重とはいえ、ただの氷にお給料の三十分の一も払わせちゃうのかぁ……。

しかも、そこからゼノスさんの取り分もあるだろうし。

「うーん……」

「これがあれば、港町から日持ちしないナマモノを冷凍保存できる。そうすれば、それらを皇都で売ることも可能だ」

ひとまず、まだまだ考えはあるからあとにしようっと。

「あと、飲食店の方とかにもいいですよ。作り置きした食材とかも、氷の近くに置いておけば日持ちしますし」

「……なるほど、料理が余ることはよくある。そして、暑さによって腐らせることも。うん？　そもそも、そういう装置を作ればいい？」

……よしよし、やっぱりこの人は賢い人だ。さりげなく言えば、俺が作ってほしいものを思いついてくれそう。

「そうですね。ちょっと待ってください」

もう一つの魔石を使って、再び魔力を込める。

そして、それをエリゼに手渡す。

「エリゼ、これで自分に向けてみて」

「自分にですか？　私、凍ってしまいますよ？」

「うん、攻撃魔法じゃないから安心して」

「なるほど……まあ、アレス様の言うことですし——えっ？」

魔力を込めたエリゼの顔が、驚きに満ちてる。

ふふふ、この暑い世界において、これがあればどれだけ助かるか。

「なんだ？　見た目的には、何も変化はないが……」

「……これは素晴らしいですね。とりあえず、ゼノス様も含めて、三人と並んでください」

「……うむ、わかった」

縁側に座ってる三人の横に、ゼノスさんも並ぶ。

そして、そこに向けてエリゼが魔石を向けると……。

「おおっ！」

「お父様！　涼しいわ！」

「あなた、これは……」

「……ああ、死人が減るぞ。暑い中、突然死んでしまう者もいる」

それは……熱中症ってやつだね。

それなら、この魔石で解決ができる。

俺が今魔石に込めたのは、氷の攻撃魔法ではない。ただの冷気が吹くようにイメージして、それを魔石に込めたってわけだ。そうすれば、クーラー的な役割を果たすことができるはず。

「素晴らしい！　これなら、冷気を生む魔石を組み込んだ容れ物を作って……さっきも言ったが、その中に食材を入れてもいい。そうすれば、食材のロスにも繋がる」

「そういうことですね」

「……いくら欲しい？　これは、革命が起きる」

……まあ、そうだろうね。

今のところ、使えるのは俺だけみたいだし。使い道は、いくらだって考えられるし。でも……俺は領地改革はしたいけど、身に余る報酬が欲しいわけじゃない。

過ぎたものは、身を滅ぼす。

今、そんな大金をもらっても俺の手には余るだけだ。

「いえ、大した額はいりません。その代わり、うちの領地に商人がもっと来るようにしてくれると嬉しいです。そうすれば、領地が潤いますから」

「それくらいなら、お安いご用だ。何せ、氷の魔石があるのだから」

「あと、みんなに安く行き渡るようにしたいです。数が増えていけば、自然とそうなりますし」

「……経済も知っているのか」

「まあ、本で勉強しましたから」

「しかし、それでいいのか？　巨万の富が手に入るぞ？　子供だからわからないかもしれないが……」

「そうですね……でも僕は、みんなが幸せになればいいかなって」

俺がこの世界に生まれた意味、それはわからない。

でも、俺はこの世界に感謝している。

前世では家族に恵まれなかったけど、今世ではこんなに恵まれた。だったら、転生したこの世界自体にも恩返しをしよう。

「そうか……甘い考えだが、嫌いじゃない」

「まあ、子供なので。あとはゼノスさんの判断に任せますので、好きにしてください」

「俺を信用していいのか？」

「はい、平気です。父上と母上が信頼してますし……」

何より、不思議と……信じられる気がする。

親近感というか、会った時から不思議な感覚がする。

他人とは思えないっていうか……よくわからないけど。

「そうか……わかった、悪いようにはしないと約束しよう」

「では、成立ですね。あとは、父上と話し合ってください」

本当は、もっとゆっくり事を運んでも良かったけど……八歳まであと三年しかない。その間に領地をある程度潤わせて、兄さんや姉さん、両親の負担を減らそう。

それが……俺に愛情を教えてくれた家族への恩返しになると思うから。

＊　＊　＊

その後、話し合いをするという父上たちを置いて……。

庭に出て、木剣での稽古をする。

「いくわよ！」

「ま、待ってよ！」

「待たないわよっ！」

次々と繰り出される剣に、俺は防戦一方になる！

俺は前世では剣道をやっていたし、歳の割にはそれなりにやれるはず。それでも、アイラの剣の速さに翻弄されている。

ほんと、剣の才能に関しては凄いかもしれない。

「アレス様！　腰が引けてますよ！　あなたは魔法使いなのですから、しっかり受けることも大事です！　魔法使いは接近戦に弱いですから、覚えておいて損はないです！」

「わ、わかった！」

攻撃することを考えずに、受けに徹する……よし、それならなんとか。

前世の時は、受け流すのは得意だったし。

その後、なんとか攻撃を凌《しの》ぎ……。

「むぅ……一本が取れないわ」

「はぁ……はぁ……疲れた」

腰を下ろした俺とアイラに、エリゼが声をかける。

「お疲れ様です。ひとまず、お二人は相性が良さそうですね。攻めの剣が得意なアイラ様と、受けの剣が得意なアレス様。水魔法使いと土魔法は邪魔をしないので相性もいいです。つまり、冒険者パーティーとしても相性がいいですね」

「そ、そう？　相性いいの？　……えへへ」

「そ、そうなの？　ど、どの辺が？」

「むぅ……何よ、嬉しくないわけ？」

「ちょっと⁉　剣を向けないでぇ！」

ど、どうして怒ってるのかわからないよぉ〜！

何か、悪いこと言った⁉

「アイラ様、違いますよ。おそらく、アレス様が聞きたいのは魔法についてですね。今から言うのは、あくまでも戦いにおいてです。例えば水と火は相性が悪いです、双方威力が下がりますから。逆に、勢いが増しますから、風と火は相性いいです。そして、土は水と相性がいいですね」

「どうしてよ？」

「そうですね……土の壁を出せますか？」

「え、ええ、今出せばいいの？」

「はい、お願いします。そして、出したらその場を離れてくださいね」

「わかったわ。じゃあ……土よ、我が身を守りたまえ——アースウォール」

アイラの目の前に、高さ一メートルほどの壁が現れる。

そして、アイラがその場から離れると……。

「では、いきます——シッ！」

エリゼはスカートの中からナイフを出し、それを土の壁に投げると……土の壁を破り、その先の木に突き刺さる！

「わ、わたしの土の壁が……ただのナイフに」

「まだまだ魔力練度が足りてない証拠ですね。日々、鍛錬を続けるといいですよ。さて……アレス様、アイラ様と手を合わせてください」

「ん？　いいけど……アイラさんや、剣を下げてくれないかな？　というか、なんで再び出してるのかな？」

「な、何しようっていうのよ」

「いや、だから手を繋ごうって」

「……わ、わかったわよ」

剣を仕舞《しま》ってくれたので、アイラと手を繋ぐ。

「ひゃ……」

「うん？　どうしかしたの？」

「な、なんでもないわ！　そ、それで、何すればいいのよ？」

「アイラ様は普通の土の壁を、アレス様はそこに水を流すイメージをお願いします。おそらく、魔法のコントロールが上手いアレス様なら可能です。あと、できたら離れてくださいね」

……なるほどね、そういうことか。

それならイメージはしやすい。

「よくわからないけど……」

「僕が合わせるから大丈夫だよ」

「な、生意気ね……でも……うん、任せる」

そう言い、握る力が強くなる。

緊張してるのかな？　じゃあ、俺が頑張らないと。

「じゃあ、いつでもいいよ」

「……土よ、我が身を守りたまえ——アースウォール！」

繋いだ手から、水を流し込むイメージ！

すると……目の前には、泥のように濁った土壁が現れる。

「なんか、雨に濡れた時の地面みたいね」

「うん、そんな感じだね」

ひとまず、その場から横にずれ……。

「では、まいります――シッ！」

同じように、エリゼがナイフを土の壁に向かって投げるが……。

「あっ、土の中に埋まったわ」

「うん、貫通しなかったね」

「これが相性がいいと言った理由です。水を吸った土は衝撃を吸収しますので」

「水を吸ったので抵抗が増したというわけか」

それに、加減をすれば他にも色々できそうだ。例えば、地面一帯を泥の土状態にするとか。そうすれば、敵は移動がしにくいはず。

「ええ、そういうことです。というわけで、魔法の相性がいいのです」

「ふんふん、そうなのね……じゃあ、前衛はわたしに任せて！　アレスにはフォローを任せるわ！」

「えぇ～まあ、いいけど」

エリゼが笑みを浮かべて言う。

「ふふ、どうですかね？　アレス様、魔法ありでいいので、アイラ様と打ち合ってみてください」

「ん？　うん、いいよ」

「望むところよ！」

再び、それぞれ木剣を構えて……。

「いくわよっ！」

「アイスバーン」

駆けだそうとするアイラの足元に、氷の地面を張る。

「ふえっ⁉　あいたっ⁉」

当然、勢いよく足を滑らせて転ぶ。

なので、その隙を突いて近づき……木剣で頭をぽこんと叩く。

「これで一本だね」

「な、な、な……見たわねぇ？」

「へっ？」

「わ、わたしの……パンツ」

「……あっ」

そういやスカートだった……うん、ピンクの可愛いおぱんつさんでした。

といっても、子供だし気にならなかった。

「はぁ……アレス様、使っていいとは言いましたが……」

「い、いやぁ……はは、ごめんなさい」

「バ、バカァァァ！」

「イタイ⁉」

突然起き上がり、頭を叩かれた！

しかも、そのままもう一回殴ろうとするので逃げます！

「ま、待ちなさいよぉぉ～‼」

「ま、待たないよぉ～！　また殴るじゃん！」

「当たり前じゃない！　……お嫁に行けないよぉ」

「な、何⁉　聞こえない！」

「なんでもないわよ！　いいから――待ちなさいよぉ～！」

結局、父上たちが来るまで追いかけっこをする羽目になりましたとさ。

ほんと、女心って難しいや。

相性がいいって本当かな？　……まあ、俺も嬉しいけどね。

＊＊＊

鍛錬を終えたら、夕飯の支度に取りかかる。

みんなが見守る中、アイラと調理を開始する。

「鳥だけにね！」

鳥だけに、取りかかる……やばい、我ながら寒すぎる。

「どういうこと？」

「はい、ごめんなさい」

たまに前世のおじさんが、顔を出しちゃうんです。

「変なアレス……元からだったわ」

「ねえ？　ひどくない？」

「そんなことより、わたしは何をしたらいいのよ？　言っておくけど、料理なんかしたことないわ。もちろん、嫌ってわけじゃなくて……足手まといになるでしょ？」

「そんなことないから大丈夫だよ」

今日は、最後の夕食だ。

明日の昼前には新しい護衛がやってくるので、二人は帰ることになる。

その前に思い出作りとして、二人で料理を作ろうって話になった。

そして、大人たちにご馳走すると。

「とりあえず、血抜きが済んでいる金色鳥をさばいていきます。まずは、足の付け根に刃を入れて……」

俺は包丁を持って、まる鳥の半身に解体していく。

この辺りの作業は、前世でもやってたから問題ない。

「ふんふん、そうやるのね」

「じゃあ、もう半分はアイラがやってみよう」

「わ、わかったわ」

剣とは違い、包丁を持つ手はぎこちない。

やっぱり、別ものってことらしい。

「むぅ……難しいわ」

「ちょっと失礼するね」

後ろからアイラを抱きしめる形で、一緒に包丁を握る。

「な、な、なっ――!?」

「ちょっ!?　危ないから動いちゃだめだよ！」

「わ、わかってるわよ！　さ、さっさと教えて！」

「だから、骨から肉をそぎ取るように……」

「あっ、なるほど……」

そのまま、ぎこちなく作業をし……なんとか解体を終える。

モモ肉と胸肉を、それぞれ六等分にした。

「ふぅ……できたわ。このあとはどうするの？」

「別に難しいことはないよ。まずはフォークで穴を開けようか？」

「なんでよ？」

「その方が隙間ができて、火が通りやすいからね」

「なるほど……」

「次に塩胡椒《こしょう》をして、バジルやローズマリーなどの香草類をのっけようか」

自分自身の頭にレシピはあるけど、わざと本を見ながら説明する。

さすがに、いきなり作れたら怪しまれちゃうし。

もう少し大きくなったら、この世界にはない料理を作ってみたいね。

「こうして……次は？」

「フライパンにオリーブオイルを入れて、火にかけよう」

というか、この世界に来て一番助かるのは、調味料の類《たぐい》がある程度あることだった。さすがにマヨネーズやソースは見たことないけど、醤油や味噌ならある。

塩胡椒なら、そこまで高額ではないし、香草系は森でいくらでも採れるしね。

「それくらいなら、わたしでもできそう……よし」

「じゃあ、そこに香草をのっけた面から焼いていこう」

「わかったわ」

火をかけたフライパンに、金色鳥をのせると……じゅーっという心地いい音が鳴る。

そして、香草と肉が焼ける香りが、俺たちの鼻孔をくすぐる。

「ゴクリ……お、美味しそうだわ」

「そ、そうだね」

「まだひっくり返しちゃだめ？」

「だ、だめだよ、五分くらいは待たないと」

そんな俺たちの後ろでは、母上、父上、ゼノスさんが、俺たちを見守りつつ話していた。

「クスクス……平和ね」

「ああ、その通りだな」

「ふっ……いいものだな」

その後、二人で唾を呑み込みながら我慢をして……。

五分経ったら、ひっくり返す。

「じゃあ、その間にパンを焼こうか」

「わかったわ」

二人で、火のついたかまどにパンを入れる。

そうしたら、あとは残っていた鶏がらスープに、コンソメを入れる。

「じゃあ、僕はお皿を用意するから、お肉が焦げないように見ててね」

「うんっ……なんだか、楽しいわね」

「えっ？　……でしょ？　一緒にこうやって作ると楽しいよね」

「うんと……アレスと作るから？」

「多分ね、大事な友達だから」

「と、友達……そ、そうね！」

その後、俺が皿を用意する頃には、肉が焼き上がっていた。

「じゃあ、この皿にのせてね。僕はパンとスープを出すから」

「任せたわ」

すでに四人が着いている食卓に、用意したものを並べていく。

あとは作り置きのサラダも置く。

すると、お皿を持ったアイラがやってくる。

「お父様！　で、できたわ！」

「おおっ、上手に焼けてるじゃないか」

「えへへ……アレスが教えてくれたの」

「ああ、見ていたさ。アレス君、娘が世話になったな。まさか、うちの娘が料理をするとは……あのドアを蹴飛ばして部屋に入ってくるじゃじゃ馬が……」

「お、お父様!?」

「はは……そうなんですね」

「今度、こっちに来たら泊まっていくといい。なっ、アイラ？」

「も、もちろんよ！　わたしが遊んであげる！」

「そっか……うん、楽しみにしてるね」

……もう、明日には帰っちゃうのか。

いやいや、暗い顔しちゃだめだよな。


準備ができたので、俺たちも席に着き……。

「いただきます」

「「「「いただきます」」」」

父上の声で食事が始まり……香草焼きに齧《かぶ》りつく！

その瞬間、鼻を抜けて……香草と金色鳥の香りがやってくる。

そして、噛むほどに肉汁が溢れ出る！

「うみゃい！」

「は、はしたないわよ！　はむっ……うみゃいわ！」

「ほら、アイラだって！」

「う、うるさいわね！」

「「……ふふ」」

二人で顔を合わせて、笑い合う。

それだけで、何倍も美味しく感じる気がする。

「どうして、こんなに美味しいの？　昨日も美味しかったけど……皇都でだって、美味しいものは食べてたのに……」

「金色鳥のおかげもあるけど、それは二人で作ったからじゃないかな。あと、大事な人と食べる食事は美味しいんだ」

「……そっか、そうなのね。わたし、向こうでは一人で食べることが多かったから」

「アイラ……これからは時間を作るから、一緒に食べるとしよう」

「ほんと⁉」

……そんなに忙しい方なんだ。

アイラは、今までどんな生活をしてたんだろう？

「じゃあ、アイラがお父さんに作ってあげたらいいんじゃないかな？」

「……えっ？　お、お父様？」

「……ああ、そうだな。たまにあると嬉しい。アレス君……すまない」

「へっ？　何がですか？」

その目は、俺に対して違う意味で謝っているかのように見えた。

「いや……なんでもないんだ。さあ、続きを食べるとしよう」

その後、気を取り直して、楽しい食事をする。

でも、どうしても頭をよぎる……これが、最後の晩餐《ばんさん》だということが。

＊＊＊

次の日の朝、俺は朝早く起きて、行動を開始する。

まだアイラや、他のみんなは寝ている時間だ。

そんな中、エリゼと一緒に家を出る。

「エリゼ、朝早くごめんね」

「いえ、私は問題ないですよ。基本的に、深く眠ることはないので」

「……そういや、寝てるところ見たことないや。まさか、寝てないとか？」

「ふふ、どうでしょうね？　もしかしたら、寝てないかもしれないです」

「だ、だめだよ？　ちゃんと寝ないと」

「……ええ、ありがとうございます。それより、昨日の夜に突然言われましたが……どういうご予定ですか？」

昨日寝る前に、明日の朝早く起きるから付き合ってとだけ伝えていた。

「えっと、僕が氷魔法を仕込んだ魔石って白くなるよね？」

「ええ、あのあとの実験でわかりましたね」

夕飯を食べたあと、アイラはお風呂に入りに行った。

その間は暇だったので、ゼノスさんに渡す用に、魔石に氷魔法を込めていた。

すると、慣れてきた頃、水色の魔石に色の変化があった。

水色に白い模様が混じったのだ。

理由はわからないけど、多分氷魔法の影響だとは思う。

「あれなら、見分けがつきやすいよね」

「ええ、そうですね。あと、最後に込めたのはいい色でしたね」

「うん、寝る前にやったね。あれって綺麗じゃない？」

「ええ、とても綺麗でしたね」

「というわけで、あれを作りたい。あと、お土産もね」

「ふむ……アレス様の思う通りになさってください。私は、それを見守るとしましょう」

「うん、よろしくね」

たった三日間だけど、ゼノスさんとアイラにはお世話になった。

アイラは友達になってくれたし、ゼノスさんは色々なことを教えてくれた。

その二人に、恩返しがしたいよね。

あと……早く、実験したいって気持ちも強い。

森にある小屋に到着したら、準備を開始する。

「アイスバーン」

辺り一帯の地面を氷にする。

「アレス様？」

「まあ、このまま見ててよ」

多分、俺の予想が当たってたら……来るはず。

そして、五分くらい待っていると……。

「な、なんと……」

「ふふ、これは……予想は的中したかな？」

「コケッ？」

一羽の金色鳥が、森の中から現れる。

そして、俺の張った氷に興味津々《しんしん》だ。

「エリゼ、ひとまず仕留められる？」

「そ、そうですね——シッ！」

「コケッ……」

エリゼが放ったナイフは、金色鳥の首を貫き……見事に仕留めた。

「うん、相変わらず良い腕だね」

「そ、それより……どういうことです？」

珍しく、エリゼが動揺している。

多分、この現象がそれだけ珍しいということだろう。

「いや、理由はわからないけど……僕が氷魔法を放った時に、金色鳥が現れたでしょ？」

一度目はゴブリンに放ったあと、二度目もゴブリンジェネラルに放ったあとだった。

「……そういえば、そうでしたね」

「つまり、金色鳥って氷の冷たさに誘われて来たんじゃない？」

「……だから危険を顧《かえり》みずに、人前に出てきたと。なるほど、一つだけ疑問が解けました」

「うん？　どういうこと？」

「あの時、アレス様は氷の壁を作って、金色鳥が逃げないように進路妨害しましたね？」

「……うん、したね。その時に、金色鳥は氷の壁に当たって倒れたね」

「あの時、私はナイフを構えていました。金色鳥が、氷の壁を避けると思ったので」

「えっ？　そうなの？」

「前にも言いましたが、弱くて臆病な性質を持ちます。その代わりに、逃げることには特化してます。本来なら、あれくらいなら避けられるはずでした」

「そっか……氷に気を引きつけられて、ぶつかってしまったのかもってこと？」

「その可能性はありますね……今後、調査を続けてまいりましょう」

「うん、そうだね。ひとまず、これをお土産にしよう」

その後、エリゼが処理をしていると、イノブタも現れる。

なので、それも倒して……商店街へ向かう。


その道中で、もう一つの事実に気づいた。

「ということは、イノブタも獲れるよね？」

「ええ、そういうことです。金色鳥が好物ですから」

「ということは……金色鳥を囮《おとり》にして、イノブタをおびき寄せることも可能？」

そうすれば、定期的に肉が手に入るってことだ。

「ええ、その通りです。もし、仮説が正しければ……面白いことになりますね」

そんな会話をしつつ、商店街に向かい……。

俺は魔石を購入し、エリゼはイノブタを売りに行く。

そして細工屋さんに寄って、魔石をペンダントにしてもらう。

これで、準備は万端だ。

あとは、アイラに渡すだけだね。

「アレス様、今しがた迎えの冒険者が来たようです！　お二人は、すでに入り口に向かっております！」

「えっ!?　もうそんな時間!?　わかった！」


エリゼと共に、急いで門へと向かうと……門の近くで、アイラがウロウロしていた。

その近くではゼノスさんや両親もいて、すでにみんなが揃っていた。

「エリゼ、凍らせた金色鳥をゼノスさんに渡しておいて」

「はい、畏まりました」

そして俺は、アイラのもとに駆けていく。

「アイラ！」

「あっ、アレス！」

「良かった……間に合った」

「ど、どこ行ってたのよ!?　朝から捜したのに……もう帰っちゃうから」

その顔は、今にも泣きだしそうになっている。

しまった……少しでも一緒にいた方が良かったかな？

……ええい！　今さら後悔しても遅い！　なんとかしないと！

「ご、ごめん！　アイラにプレゼントしようと思って……」

「プレゼント？」

「えっと、これなんだけど……」

俺は、水の魔石のペンダントを見せる。

「これ、ただの魔石よね？」

「まあ、見ててよ……氷の風よ、眼前の敵を凍らせろ――アイスブレス《氷の息吹》」

俺が今できる、最大限の氷魔法を込める。

すると、魔石が水色から銀色に変化して……光り輝く。

昨日の夜に眠気が限界を迎えて、最後の一個だと思って魔力を込めたらこの色になった。

多分、一定以上の氷魔法を込めたら、この色になるのかも。

「わぁ……！　綺麗ね！」

「これ、アイラにあげる」

「わ、わたしに？　じゃあ……アレスがやってよ」

「うん、わかった」

アイラの後ろに回り、首にペンダントをかけてあげる。

「えへへ、ステキなプレゼントもらっちゃった」

「その……アイラが来てくれて楽しかったから。だから、そのお礼。もし危険が迫ったら、それを使ってほしい。初めてできた大事な友達だから」

「アレス……わたしこそ、楽しかったの。それに、わたしも初めての友達だったから……わたし、お礼に返せるものがないわ」

「いいよ、別に。僕がしたくて勝手にやったことだから」

「な、生意気ね……えっと……目を瞑《つぶ》って」

「はい？」

「いいから！」

「わ、わかったよ」

ひとまず、目を瞑ると……頬に柔らかいものが触れる。

「へっ？」

「お、お礼！　言っておくけど初めてなんだから！　そ、それじゃ！」

そう言い、顔を真っ赤にして走り去ってしまう。

……フリーズしてる場合じゃない！

「え、えっと……アイラ〜！　またね〜！」

「……うん！　また会おうね！」

俺が手を振ると、馬車の前にいるアイラが手を振り返す。

俺はそのまま、馬車が出ていくのを、ずっと眺めているのだった。

＊＊＊

……不思議な少年だったな。

いや、俺――ゼノスの血の繋がった息子でもあるのだが。

「すやぁ……」

血の繋がらない娘の頭を撫でつつ……帰りの馬車の中で、アレスのことを考える。

「最初見た時は、本当に驚いたな」

俺が愛した妻と、顔が瓜二つだったから。

もう二度と会えないと思っていた顔だ。

「正直言って会うのは怖かった」

どんな面を下げて会えばいいのかも、まったくわからなかった。

どんな理由があるにせよ、俺が息子を捨てたのは事実だ。

それについては、言い訳もするつもりもない。

「だが……これで、正解だったのかもしれない」

あのまま皇都で育てていたら、きっと危ない目に遭っていた。

それに、あんなに真っ直ぐに育つこともなかったに違いない。

こののどかな場所や、優しい両親がいたからこそ、あのような少年に育ったのだろう。

「本当に、グレイとシエラには感謝しなくては」

あと、俺の願いを聞いてくれた冒険者仲間のランド。

そして、皇帝直属の隠密《おんみつ》機関出身であるエリゼ。

この二人にも、感謝しなくてはいけない。

ランドは危険を顧みずに、アレスをここまで届けてくれ、今もなお見守ってくれている。

エリゼは先代皇帝が、密かに俺に遣わした者だが、俺が継いだあとも従ってくれている。

まあ、今回は少し嘘をついたようだが……それくらいは大目に見るとしよう。

「しかし、同時に……困ったことになった」

まさか、あんなにも才能に恵まれているとは。

氷魔法……この大陸においては、おそらく唯一の使い手だ。

しかも、魔法自体の才能と魔力もある。

「だが、それだけなら別にいい」

本人が望むかはわからないが、ただの冒険者として生きたり、兵役《へいえき》に就いて将軍になったりすればいいだけだ。

強いだけなら、俺は別に……このままでもいいと思っていた。

あの子の平穏な生活を壊す資格が、父親たる俺にはないから。

「しかし……皇帝としての俺が言っている。あの子を、あのままにしておいていいのかと」

何より素晴らしいのが、頭の回転の速さ、理知的な瞳や言葉遣いだ。

あれらは環境や育てる過程では、どうにもならないことがある。

それを、あの子は五歳にして備えていた。

「俺とも対等に話をしていたし、アイラのわがままも深い懐《ふところ》で包み込んでいた」

無論、甘い部分は目立つ。

初めて会った俺を信用しすぎだし、手の内を見せすぎている。

しかし、まだここから出たこともない五歳児に、それを求めるのは酷《こく》だろう。

「それらは、これからいくらでも学ぶことができる。しかし、性根はそうはいかない。あの子は……良き為政者《いせいしゃ》になれる素質がある」

基本的に優しく、そして人の話を聞き、それでいて行動力もある。

あとは有能な補佐をつければ、良き皇帝になるはず。

「……少し先走りすぎたか。長男であるハロルドが、別にだめな子供ということでもない。あの子はあの子で、それなりに頑張っている」

ただ、皇太子にして唯一の男子なので、甘やかされているのが心配か。

内気で大人しいし、あんまり自分を主張することもない。

もっと切磋琢磨《せっさたくま》できる者や、やる気が出るような出来事があれば……。

「……アレスと会わせてみるのも、一つの手か？」

何も血筋を明かすことはない。

ただの友として、出会わせればいいのでは？

「ふむ……それもありかもしれん。そうすれば、何かしらの変化は起こるか？」

どうせ、アレスは皇都の学校に通うことになっている。

ハロルドの方が生まれは早いが、学年的には一緒だな。

「……まあ、今はこのくらいにしておくか」

まだ、未来のことはわからないのだから。

「んん……お父様？」

すると、アイラが目を覚ます。

そうだ……そもそもアレスがいたら、この子はいなかった。

だから、今はこれで良かったと思える。

無論……亡《な》き妻を失った悲しみが癒えることはないが。

「起きたか、アイラ。泣き疲れて寝てしまったしな？」

「そ、そんなことないもん！　……そ、そりゃ、ちょっと寂しかったけど……」

「そうだな、とても楽しい時だったな」

「うんっ！」

……こっちもどうしたものか。

どうやら、うちの娘はアレスのことが気に入ったらしい。

自分の義理の娘が、自分の息子に惚《ほ》れるとは……これいかに？

いや、逆に喜ぶべきなのか？

可愛い娘が、良き男に巡り会えたことに。

しかし、難しい問題もある。

この子は皇族の血を引いていないが、皇族扱いである。

皇族の血を持つアレスと、結ばれるのは……どうなのだろうか？

いや、いいことなのかもしれない。

「アイラは、アレス君が気に入ったのか？」

「ふえっ⁉　そ、それは……うん」

もじもじしたあとに、耳まで赤くなって、こくんと頷いた。

これは……子供とはいえ、本気度は高そうだ。

「じゃあ、もっと勉強したり、修業をしないとな。そうしないと、皇女とはいえ、彼とは釣り合いが取れないぞ？　きっと、すぐに頭角を現すはずだ。色々な女性が寄ってくるに違いない」

「そ、そうよね！　わたし、色々と頑張る！　苦手だったこともやるわ！」

「そうか……じゃあ、父さんは全力で応援するとしよう」

「うんっ！」

まだ先のことはわからないが、今はただ子供たちを見守るとしよう。

できれば、この子たちが幸せに生きられるように。
その間は、俺がなんとか頑張るとするか。
それが、ろくでもない父親にできる、精一杯の贖罪《しょくざい》だと思うから。

第3章

少年期

episode 3

18　姉の帰還

あれから、二年が過ぎ……俺は七歳を迎えた。

身体も少し大きくなり、顔つきも変わってきた気がする。

鍛錬のおかげで魔力も増え、剣の稽古も欠かさずやっている。

もう、ゴブリンジェネラルくらいでは敵にもならず、エリゼには、これなら今すぐでも冒険者としてやっていけると太鼓判《たいこばん》を押された。

そんな中、念願の日が訪れる。


日が暮れる頃……その知らせを受けた俺は、門の方へと駆けていく！

そして入り口付近に、とある人物を発見したので……そのまま、胸に飛び込む！

「ヒルダ姉さん！」

「アレス！　大きくなったわね！」

「はいっ！　もう七歳ですから！」

「ふふ、そうよね」

俺を抱きとめたヒルダ姉さんが微笑む。

そう、今日はヒルダ姉さんが正式に領地に帰ってくる日だった。

実は、ヒルダ姉さんが帰ってくるのは一年半ぶりだ。

姉さんは優秀な成績を修《おさ》めていたので、あちこちから引っ張りだこだったらしい。

なので休みになっても、なかなか帰ってくることができなかったと。

「あっ……そうだった」

俺は姉さんから降りて、姿勢を正す。

嬉しすぎて、一番大事なことを伝えてなかった。

「アレス?」

「姉さん、お帰りなさい」

「……ええ、ただいま」


その後、馬車を他の人に預けて、二人で道を歩く。

「門に入った時も驚いたけど、随分と変わったわ。ただの門だけだったのに、周りには建物もできてたし、新しい柵《さく》を設置してたわ」

「うん、さすがに門だけじゃあれだったからね。商人さんや冒険者さん、旅人さんなんかも入るの不安だし。最近は、入ってくる人が増えたからなおさらにね」

「そうよね、皇都でも有名になってきたわよ。辺境の領地であるナイゼルが発展してきたって。まあ、今なら理由はわかるけど……当時は驚いたわ。まさか、氷魔法が使えるなんてね。皇都でも、氷の魔石は飛ぶように売れてるわ」

アイラが帰って半年後、一度姉さんは帰ってきた。その時に、氷魔法のことは教えてある。

俺はひたすら魔石に氷魔法を込めて、それをゼノスさんに送った。

最初は高かったけど、最近になって少しずつ安くなってきたので、あと数年すれば一般市民の方にも買えると思うけど……いくら魔力が多いとはいえ、氷魔法を使えるのは俺だけだから、なかなか難しいよね。

「それなら良かったです」

「まったく、私が皇都で色々と努力して帰ってきたら……遥《はる》かに先を行ってるんだから」

「……す、すみません」

「何、気を遣っているのよ？　お姉ちゃんは、優秀で可愛い弟がいて嬉しいわ。何より、張り合いがあるじゃない。大丈夫、お姉ちゃんも負けないから」

「ヒルダ姉さん……へへ」

前と同じように、俺の頭を撫でてくれる。

それだけで、俺の胸はいっぱいになるのだった。

その後、商店街までたどり着くと……。

「……こうして見ると、本当に変わったわね。建物も増えてるし、人も多いわ」

以前は大きな木の周りに、ちょこちょこと店があるだけだった。

それが今では、建物と建物の間がないくらいに、店が立ち並んでいる。その前では、色々な人がものを売ったり買ったりしている。

「でしょ？　まあ、まだまだって感じだけどね。ドワーフ族とかはもちろん、他種族の人たちは来てないし。まだ一部の人族と、新規の商人さんたちくらいだ」

「まあ、皇都から遠いしね。確かに氷の魔石は貴重だけど、馬車で一週間の距離は長いわよ。だったら、その間に依頼や仕事をして、皇都に来るのを買えばいいし」

「そうなんだよね。だから、次は街道整備に力を入れてく感じにするって。幸い、ようやく一つの目標は達成したし」

「そうよね。あれがあるとないじゃ、大きな違いがあるわ……あれがそうよね？」

森へ向かう道の近くに、新築の立派な建物がある。

そこの看板には、冒険者ギルドという文字が。

そう、三ケ月前にできたばかりの冒険者ギルドだ。

「うん、ようやくできたよ。これで、冒険者さんたちが森に行って狩りをして、その素材を冒険者ギルドが買い取って……その素材を商人が買うっていうサイクルができるよね」

「そうね。それができれば、自然と街は発展していくわ。聞いたわよ？　私とシグルドのために、アレスが頑張ったって」

「……まあね。だって、兄さんと姉さんにはお世話になったから。だから、少しでも二人の負担が減らせたらなって」

この二年は我ながら頑張った。

水魔法と氷魔法の鍛錬をしつつ、剣の稽古もした。

その間にも魔石に魔力を込めたり、森に出て狩りをする日々を過ごしていた。

正直言って、気がついたら時が経っていたって感じだ。

「生意気言って……でも、嬉しいわ。よく頑張ったわね、アレス」

「……どうもです」

真っ直ぐに褒められて、思わず頬を掻く。

大人になって、ますます綺麗なお姉さんになったので、少々照れくさいです。

「ふふ——相変わらず可愛いんだから！」

「ちょっ!?　やめてェ〜！」

成人を迎えた姉さんのお胸は大きく、違う意味で危ない！

性的な意味ではなく、物理的な問題で。

「もう、ヒルダ姉さんも大人の女性なんですから！」

「ふふ、いいじゃない。こうするのも、久々だもの」

「むぅ……仕方ないですね」

結局、俺は大人しく姉さんにされるがままにするのだった。

……実は嬉しかったことは内緒である。

ずっと、こうして会える日を楽しみにしてたから。


もっと見せたいものはあったけど、ひとまずは家に帰宅する。

もう日は暮れてるし、姉さんも長旅で疲れているだろうし。

姉さんと会いたいのは、俺だけじゃないし。

その証拠に、家の外では三人が待っていた。

「ヒルダお嬢様、お帰りなさいませ」

「ヒルダ、お帰りなさい」

「ふむ、大人になったたな」

「お父様、お母様、エリゼ……ヒルダ・ミストル、ただいま戻りました」

何かを堪《こら》えるように、姉さんは礼儀正しくお辞儀をする。

「……ふふ、もう立派なレディね」

「ああ、どこに出しても恥ずかしくないな」

「ご立派ですよ、お嬢様」

「も、もう！　からかわないでよ……私も成人したから、しっかりしないとね」

そうか……だから、あえて畏まったってことか。

自分が成長したって、みんなに見せるために。

「あらあら、それはそれで寂しいわ」

「ふむ……当主命令だ。今日は、シエラと一緒に寝なさい」

「ふふ、良い考えですね」

「うんうん！　いいと思います！」

「……わ、わかったわよ……みんな、ただいま」

少しだけ迷ったそぶりを見せたあと、姉さんが微笑む。

その姿に、俺たちも笑顔になるのだった。


荷物を片付けたら、久々の家族団欒《だんらん》の時間になる。

リビングのテーブルに集まり、ゆっくりと夕飯を食べたあと、まずはお互いに近況報告をする。

「まずは長旅ご苦労だった。しかし、帰ってきて良かったのか？　あちらの冒険者ギルドや、魔法の研究機関、果ては貴族たちからの求婚などもあったと聞いたが……」

姉さんは学校に通っている間も、色々なことをしていたらしい。

冒険者になって活動をして、そのお金で学費を稼いだり、うちに仕送りをしたり。

魔法の専門学校で優秀な成績だったから、前世で言う大学院に誘われたり。

しまいには美人さんなので、モテモテだったらしい。

むむむ！　姉さんの相手は俺が認めた人でないと！

「だって、元々帰ってくるつもりだったから」

「しかし、事情が変わって……」

「それでも、ひとまず帰ろうと思って。とりあえず、疲れたっていうのもあるけど。幸い、こっちにも冒険者ギルドはあるし、魔法の研究ならどこでもできるわ。今のところ、男には興味ないしね」

「僕は姉さんが帰ってきて嬉しいです！　あと、姉さんの相手には僕を通してもらわないと！」

「まあ！　アレスったら！　大丈夫よ！　私はお嫁に行かないから！」

「うひゃぁ⁉」

俺は再び、姉上の腕の中に閉じ込められる！

「おいおい、それはそれで困るのだが……成人といえば、適齢期でもあるし」

「まあまあ、あなた。今は、いいじゃない。小言ばかり言っていると、可愛い娘に嫌われちゃうわよ？」

「そうよ、お父様。少しはアレスを見習ってほしいわ」

「ええ、まったくです。そもそも、私に喧嘩を売っているのですか？　何十年も独身ですが何か？」

「ま、待て待て！　スカートからナイフを出すな！」

……楽しいなぁ。

もちろん、今までも楽しくなかったわけじゃない。

けど、姉さんがいるだけで、こんなにも明るくなる。

やっぱり、家族が揃ってると楽しいよね！

……シグルド兄さんにも会いたいな。

＊　＊　＊

アレスが寝たあと、お父様の部屋で二人で話をする。

二人には、アレスを見てもらっている。

万が一にも、聞かれるわけにはいかないから。

「ヒルダ、改めて言おう……よく帰ってきた。正直言って、お前が帰ってきてくれて良かった」

「まあ、正直に言えば……少し迷ったわ。でも、約束したもの」

あっちにはお洒落なお店や、大切な友達なんかもできた。

切磋琢磨する、冒険者仲間や研究者仲間たちもいたし。

でも、私は姉としてアレスを守ると誓った。

そのためには、一度帰る必要があった。

お父様が、できれば帰ってきてほしいと手紙を送るくらいだし。

アレスを見てやってくれと。

「うむ……エリゼ一人では、もうアレスを抑えつけることが難しい。アレスはお前には弱いし、きっと言うことも聞くだろう」

「お父様、それってどういう意味なの？　アレスが何をしたの？」

「まだ皇都には知らせていないのだが……まあ、色々とアレスが規格外のことをしている。それ自体はとてもいいことなのだが、少々我々の手に余る。エリゼはああ見えて、アレスには甘い。アレスが生き急いでいる感じなので、お前にはブレーキになってほしい……頼めるか？」

エリゼはアレスに仕えているわけだし、甘いのは仕方ないわね。

「ええ、わかったわ。私はただの男爵の娘だけど、あの子の姉だもの」

「そうか……助かる」


その後、アレスの部屋に行き、その寝顔を眺める。

そして、同時に思う……この子の未来についてを。

「アレス……私の可愛い弟」

手紙が届いた時は驚いたわ……まさか、氷魔法が使えるなんて。

それだと、もう平穏な生活は送れないと思った。

現に皇帝陛下にも知られ、アレスはいずれ皇都に旅立つことになっている。

そう……もう、後戻りはできないということだ。

場合によってはアイラの正体も、皇帝陛下の正体もバレる。

そして、氷魔法を使えるこの子を、貴族たちが放っておくわけがない。

もしかしたら、この子には過酷《かこく》な運命が待っているかもしれない。

それがいいことなのか、悪いことなのかはわからないけど……。

「でも……大丈夫よ、お姉ちゃんがついてるから。何かあれば、私があなたを守るから」

まだ小さな手を、ぎゅっと握る。

そして、笑顔で出迎えてくれたことを思い出す。

「そうよ、この子は私を姉だと慕《した》ってくれている」

この子が麒麟児だろうと、皇子だろうと関係ない。

この子は変わらず、私の可愛い弟なのだから。

とあるおっさんのVRMMO活動記
椎名ほわほわ
現実じゃ冴えない会社員(38歳・独身)でもVRMMOの中では
名うてのスキル職人!?
ネットで人気爆発!
冴えないおっさんのほのぼのVRMMOファンタジー!
第6回アルファポリスファンタジー小説大賞
読者賞受賞作、待望の書籍化!

とあるおっさんのVRMMO活動記
1
現実じゃ冴えないおっさんが
料理生産から冒険まで
VRMMOで大活躍!!
大人気ファンタジー待望のコミカライズ!!
シリーズ累計18万部!!

この作品に対する皆様のご意見・ご感想をお待ちしております。

おハガキ・お手紙は以下の宛先にお送りください。

【宛先】

〒150-6008 東京都渋谷区恵比寿 4-20-3 恵比寿ｶﾞｰﾃﾞﾝﾌﾟﾚｲｽﾀﾜｰ 8F
（株）アルファポリス　書籍感想係

メールフォームでのご意見・ご感想は右のＱＲコードから、
あるいは以下のワードで検索をかけてください。

アルファポリス　書籍の感想　検索

ご感想はこちらから

本書は Web サイト「アルファポリス」（https://www.alphapolis.co.jp/）に投稿されたものを、改題、改稿のうえ、書籍化したものです。

前世《ぜんせ》で家族《かぞく》に恵《めぐ》まれなかった俺《おれ》、今世《こんせ》では優《やさ》しい家族《かぞく》に囲《かこ》まれる
俺《おれ》だけが使《つか》える氷魔法《こおりまほう》で異世界無双《いせかいむそう》

おとら

2023年　12月31日初版発行

編集－芦田尚
編集長－太田鉄平
発行者－梶本雄介
発行所－株式会社アルファポリス
〒150-6008 東京都渋谷区恵比寿4-20-3 恵比寿ｶﾞｰﾃﾞﾝﾌﾟﾚｲｽﾀﾜｰ8F
TEL 03-6277-1601（営業）　03-6277-1602（編集）
URL https://www.alphapolis.co.jp/
発売元－株式会社星雲社（共同出版社・流通責任出版社）
〒112-0005 東京都文京区水道1-3-30
TEL 03-3868-3275
装丁・本文イラスト－たらんぼマン
装丁デザイン－AFTERGLOW
印刷－中央精版印刷株式会社

価格はカバーに表示されてあります。

落丁乱丁の場合はアルファポリスまでご連絡ください。

送料は小社負担でお取り替えします。


ISBN978-4-434-33111-4 C0093